**William Shakespeare** está considerado el escritor más importante de la literatura universal. Se cree que nació el 23 de abril de 1564 y consta que fue bautizado, tres días más tarde, en Stratford-upon-Avon, Warwickshire. Su llegada a Londres se ha fechado hacia 1588. Cuatro años después ya había obtenido un notable éxito como dramaturgo y actor teatral, éxito que pronto le valió el mecenazgo de Henry Wriothesley, tercer conde de Southampton. Por su dedicación a la poesía, Shakespeare ya habría pasado a la historia por obras como *Venus y Adonis*, *La violación de Lucrecia* o los *Sonetos*. Sin embargo, si hay un campo en el que Shakespeare realizó grandes y trascendentales logros fue en el teatro; de entre todas las obras en las que intervino podemos atribuirle la autoría segura de treinta y ocho. Murió el 23 de abril de 1616, en su ciudad natal, habiendo conocido el favor del público.

**Santiago Posteguillo** es doctor europeo por la Universidad de Valencia y ha estudiado literatura creativa en Estados Unidos, así como lingüística y traducción en diversas universidades del Reino Unido. En la actualidad es profesor titular del departamento de Estudios Ingleses en la Universidad Jaume I de Castellón, donde imparte clases de literatura inglesa y norteamericana y literatura creativa. Además, en 2018 fue profesor invitado del Sidney Sussex College de la Universidad de Cambridge. Es el autor más vendido de novela histórica en lengua española, con más de 4.000.000 de lectores. Recientemente ha iniciado una ambiciosa serie de novelas dedicadas a la vida de Julio César, que arranca con *Roma soy yo*.

# WILLIAM SHAKESPEARE

## Julio César

*Prólogo de*
SANTIAGO POSTEGUILLO

*Traducción de*
ALEJANDRA ROJAS

PENGUIN CLÁSICOS

Papel certificado por el Forest Stewardship Council®

Título original: *Julius Caesar*

Primera edición: octubre de 2022

PENGUIN, el logo de Penguin y la imagen comercial asociada son marcas registradas
de Penguin Books Limited y se utilizan bajo licencia.

© 2022, Penguin Random House Grupo Editorial, S.A.U.
Travessera de Gràcia, 47-49. 08021 Barcelona
© 2022, Santiago Posteguillo, por el prólogo
© 1999, 2012, Alejandra Rojas, por la traducción
Diseño de la colección: Penguin Random House Grupo Editorial
basado en la colección Penguin English Library, original de Penguin UK
Diseño de la cubierta: Penguin Random House Grupo Editorial / Sergi Bautista
Imagen de la cubierta: © Shutterstock

*Printed in Spain* – Impreso en España

ISBN: 978-84-9105-657-7
Depósito legal: B-13.855-2022

Compuesto en Comptex & Ass., S. L.

Impreso en Liberdúplex
Sant Llorenç d'Hortons (Barcelona)

PG 5 6 5 7 7

# Índice

# PRÓLOGO

Todo el mundo debería leer la obra de teatro *Julio César* de Shakespeare, al menos, una vez en la vida. O, en su defecto, asistir a una representación de la misma. Y, si es posible, ambas cosas.

El teatro de Shakespeare, como cualquier obra dramática, nace en la mente de su creador para ser puesto en escena y ser visto por un público que quede atrapado por la historia y por el modo en que ésta es representada ante sus ojos. Ahora bien, la intensidad de los conflictos planteados en cada una de sus escenas, así como la bella factura del lenguaje empleado hacen que a Shakespeare se lo pueda disfrutar también, inmensamente, desde la lectura. Y eso es, precisamente, lo que puede conseguirse leyendo el libro *Julio César* de esta edición con la magnífica versión en español de Alejandra Rojas.

Pero ¿qué es lo que se narra en esta obra de teatro? Por el título, uno podría pensar que se nos va a contar la vida de Julio César, pero tal empresa, en una sola obra, es del todo imposible: la juventud de Julio César, su ascenso político, su conquista de las Galias, su enfrentamiento descarnado con Pompeyo, su relación con Cleopatra, la reina de Egipto, y, por fin, su muerte en los idus de marzo del 44 a.C., no puede narrarse toda su épica en una única obra. Y de esto era buen conocedor William Shakespeare, de modo que él optó por centrarse sólo en el final del personaje, en sus últimos momentos. Pero, adicionalmente, nuestro aparente protagonista desaparece y la obra sigue dos actos más. ¿Cómo puede ser esto? Pues en gran medida porque la obra *Julio César* de Shakespeare no es tanto un texto sobre el propio Julio César como sobre Bruto, uno de quienes se conjuran para asesinarlo. Esto es, después de mucha duda hamletiana sobre si, en efecto, unirse a la conjura contra César o no hacerlo. ¿Por qué, entonces, no tituló Shakespeare esta obra sencillamente *Bruto*? Volveremos sobre este punto, pero, primero, respondamos a otra pregunta: ¿cómo llega Shakespeare a Julio César?

El autor inglés con toda probabilidad no sabía ni griego clásico ni latín. En el siglo XVI las fuentes que informaban sobre la vida de Julio César se encontraban en estas lenguas, de modo que Shakespeare no pudo tener acceso directo a estos textos. La obra está datada habitualmente en torno al 1599, pero resulta que unos años antes, en 1580, sir Thomas North tradujo al inglés las *Vidas paralelas* de Plutarco en diez volúmenes. La traducción no fue directa del griego, sino de la versión francesa que ya existía en la época producto del obispo francés Jacques Amyot unos veinte años antes.

Aunque la traducción de North no fuera directamente del original de Plutarco, pronto se transformó en un material de referencia para estudiosos y, también, autores ávidos de tener acceso a más historias, a más personajes. De hecho, Shakespeare no sólo recurriría a la traducción de las *Vidas* de Plutarco elaborada por North para la escritura de su *Julio César*, sino también para otras obras históricas de la civilización clásica como *Coriolanus* o *Antonio y Cleopatra*. De este modo, el César que encontramos en Shakespeare, así como el Bruto de la obra, son creados a partir de las informaciones que Plutarco vierte en sus textos. Esto implica que hay un punto de oportunismo político más que de auténtica ideología para favorecer al pueblo en la figura shakesperiana de Julio César, por un lado, de igual forma que se percibe un claro tinte exculpatorio hacia la traición de Bruto. Son otros conjurados sobre los que recae más culpa y perversas razones para acabar con Julio César, mientras que la figura de Bruto es, en cierta medida, salvada y presentada como alguien que se levantó contra un César tiránico.

El debate sobre si César fue más un dictador en el sentido negativo actual o un promotor de mayor igualdad y derechos para un pueblo romano claramente enfrentado a un Senado represor sigue en pie. César se atreverá a demandar, como ya hicieran los Gracos, tribunos de la plebe nietos de Escipión el Africano, nada más y nada menos que la reforma agraria. O, lo que es lo mismo, reclamó lo que más temían los senadores romanos poseedores, como latifundistas, de la mayor parte de los terrenos de cultivo bajo el control de Roma. Y César también incorporará senadores provenientes de las provincias en sus reformas del Senado cuando alcanza el poder buscando una representación más justa de todos los gobernados por Roma, pero todas estas cuestiones no son claves en la obra de Shakespeare tanto como el debate moral al que se somete Bruto. Es este el centro de la obra más que la conjura contra César en sí misma. En este sentido, y como ya hemos apuntado arriba, Bruto se nos asemeja a un Hamlet en duda constante, valorando los pros y los contras morales de alzarse con violencia ante un personaje como César que, en gran medida, se había portado generosamente con él y su familia. Sólo el convencimiento de que el hecho violento contra alguien que lo había favorecido era necesario para salvaguardar una república, que se muestra aquí idealizada, es lo que terminará a decidiendo a Bruto por unirse a la conjura.

La república romana del siglo I a.C. tiende a asimilarse, de forma errónea, con una república moderna con parlamento democrático y sufragio universal, pero esto nada tiene que ver con el sistema político que regía Roma durante aquellos años. La república romana de este período se asemejaba más a un régimen controlado por una pequeña oligarquía de familias senatoriales que acumulaban la mayor parte de la riqueza y derechos del estado romano, y que en modo alguno deseaban compartir de forma más equitativa con el pueblo de Roma. Pero nada de esto aparece en la mente de un Bruto shakespeariano para quien César encarna la tiranía, más allá de que en lo personal pudiera éste haberse portado de forma generosa con él.

Todo esto se refleja, sin duda, en el que es uno de los momentos estelares de la obra: los discursos de Bruto y de Marco Antonio justo después del asesinato de César. Es aquí donde brilla en plenitud la excelsa factura del lenguaje shakespeariano, ya sea en la prosa empleada por Bruto como en los pentámetros poéticos de ritmo yámbico puestos en boca de Marco Antonio por el autor inglés.

En el caso del parlamento de Bruto, Shakespeare construye un perfecto discurso que justifica la acción de asesinar a César rebelándose contra alguien que ha sido casi como un padre para él. Se trata de una intervención plagada de metáforas, imágenes de toda índole y repeticiones de estructuras sintácticas de modo que el argumentario bien trabado se apoya en un lenguaje hermoso. La idea es persuadir al pueblo de la necesidad de asesinar a César y Bruto consigue su objetivo: la plebe parece aceptar el razonamiento de que eliminar a un César al que todos querían era ineludible para mantener la libertad de muchos.

Es, entonces, el momento de Marco Antonio. Tiene permiso para hablar, pero sólo para alabar lo que César hizo de bueno en el pasado, no para arremeter contra sus asesinos. Por otro lado, el discurso de Bruto parece incontestable. Es aquí cuando Shakespeare se supera y pone en boca de Marco Antonio un texto aún más potente cuando parecía imposible superar a Bruto. Shakespeare le confiere la poesía a Antonio, frente a la prosa elaborada de Bruto. Y será la poesía, la que toca más directamente las emociones, la que emerja victoriosa en este duelo dialéctico. Pero, además, Shakespeare hace que Antonio haga algo tremendamente original y muy diferente a lo que los políticos de hoy día hacen. Me explicaré: es tendencia habitual en la política y, en particular, en los siglos XX y XXI, recurrir al eufemismo, es decir, usar palabras suaves que reduzcan el impacto de la realidad dura en quienes son gobernados. Por ejemplo, se empleó la expresión «daño colateral» para referirse a las víctimas civiles inocentes de los bombardeos durante la guerra de los Balcanes en la Europa de los años noventa del siglo pasado. Sin embargo, Antonio va a hacer algo a la inversa: va a tomar una palabra de claras connotaciones positivas, en este caso el adjetivo «honorable» y va a conseguir que termine siendo el peor de los insultos al adjudicar este calificativo a los asesinos. Ellos se dicen «honorables», y así los llamará Antonio, pero al final de su discurso lo último que desea quien lee es ser llamado «honorable» por él. Sólo un genio como Shakespeare puede destrozar el valor positivo de una palabra y transformarla en un terrible insulto en apenas unas páginas. Es, simplemente, un mago del lenguaje.

Todo esto, además, queda muy bien reflejado, como he apuntado arriba, en la excelente versión española de Alejandra Rojas de esta edición. Hay que agradecerle a la traductora haber transportado con poderosa intensidad la belleza y la intensidad del lenguaje de Shakespeare al español.

La obra contiene inconsistencias históricas y anacronismos, en algún caso, curiosos, como el momento en el que en medio de la madrugada los conjurados oyen unas campanadas que marcan las tres, algo del todo imposible en la Roma de Julio César. No se encuentran campanarios que marquen las horas hasta, al menos, el siglo VI d.C. y en ese período inicial de la Edad Media aún muy pocos. Del mismo modo que no está para nada claro que César le dijera a Bruto *et tu, Brute?*, «¿Y tú también, Bruto?». Dependiendo de la fuente clásica que nos describe la muerte de César, encontramos versiones distintas sobre lo que dijo o dejó de decir, pero lo que es cierto es que era convención en el renacimiento pensar que César dijo esa misma frase o una parecida, y lo que es indudable es que César se sentiría particularmente traicionado por Bruto. En cualquier caso, la anécdota de las campanadas nocturnas o de la frase final de César ilustran que Shakespeare no estaba escribiendo una obra sometida al escrupuloso análisis histórico al que los lectores, justamente, someten las obras históricas modernas. Era otro momento literario donde lo esencial eran la acción dramática, el debate moral y la belleza del lenguaje, y atendiendo a estos aspectos es como sugiero que el lector disfrute de la obra.

¿Estuvo Bruto en lo correcto al asesinar a César? Muchos pensamos que erró de pleno, pero este es un debate que continúa hoy día. Dante, en su recreación del infierno, arrojará a Bruto al noveno círculo del infierno, al más profundo rincón del Averno, junto con otros grandes traidores de la historia como Judas. Shakespeare es más benigno en su valoración del personaje. Se pueden tener visiones diferentes sobre Bruto, pero sea cual sea la opinión sobre el mismo, nadie puede sino maravillarse ante una obra de teatro redonda, perfecta y de épico lenguaje como es *Julio César*.

Pero quedaba en el aire responder a la pregunta siguiente: si Bruto es más protagonista que César, ¿cómo es que Shakespeare no tituló la obra, precisamente, *Bruto*? La respuesta es sencilla: porque Bruto pasa a la historia no por sí mismo, sino por su relación y su traición a César, porque Shakespeare sabía que en el centro de todo, de la civilización romana y de nuestra civilización está, siempre, Julio César.

Santiago Posteguillo

# Julio César

# DRAMATIS PERSONAE

JULIO CÉSAR

Marco ANTONIO
OCTAVIO César } triunviros después de la muerte de César
LÉPIDO

Marco BRUTO
Cayo CASIO
CASCA
DECIO Bruto
CINNA } conspiradores contra César
METELO Cimbro
TREBONIO
Cayo LIGARIO

PORCIA, esposa de Bruto

CALPURNIA, esposa de César

FLAVIO
MARULO } tribunos del pueblo

CICERÓN
PUBLIO } senadores
POPILIO Lena

Un ADIVINO

ARTEMIDORO, profesor de retórica

CINNA (Cayo Helvio Cinna), poeta

Otro POETA

LUCIO, sirviente de Bruto

LUCILIO

TITINIO

MESALA — amigos y seguidores

El joven CATÓN — en los ejércitos de Bruto y Casio

VOLUMNIO

ESTRATÓN

VARRÓN

CLAUDIO — soldados en los ejércitos de Bruto y Casio

CLITO

Un criado de César

Un criado de Antonio

Un criado de Octavio

PÍNDARO, esclavo de Casio, liberado tras su muerte

DARDANIO, sirviente de Bruto en el ejército

Un CARPINTERO

Un zapatero REMENDÓN

Cinco CIUDADANOS

Tres soldados del ejército de Bruto — plebeyos

Dos soldados del ejército de Marco Antonio

Un MENSAJERO

Labeo

Flavio — oficiales del ejército de Bruto

Otros senadores, plebeyos, soldados y acompañamiento

# PRIMER ACTO

## ESCENA I

*Entran* FLAVIO *y* MARULO.
*Algunos plebeyos, un* CARPINTERO
*y un* ZAPATERO REMENDÓN *ocupan el escenario.*

FLAVIO   ¡Fuera de aquí, tropa de vagos!
   ¡Vuelvan a sus sucios hogares!
   ¿Es día de fiesta hoy? Respeten la ley, artesanos.
   Nadie puede pasear en día de trabajo
   sin llevar a la vista el emblema de su oficio.
   A ver, dime, ¿qué haces tú?
CARPINTERO   ¿Yo? Soy carpintero, señor.
MARULO   ¿Y dónde perdiste la escuadra? ¿Dónde quedó tu martillo?
   ¿Por qué tan enseñorado, entonces?
   Y este otro... Tú, ¿a qué te dedicas?
REMENDÓN   En verdad, tribuno, más que un artesano, soy lo que po-
   dría llamarse un... un... un...
MARULO   Un... un... ¡Qué mierda de oficio es ese?
REMENDÓN   Mi oficio, señor, lo confieso con orgullo. Soy especialista
   en todo lo que anda mal.

21

FLAVIO   ¿Pero que dice este patán? Deja de hacerte el payaso y explica a qué te dedicas.

REMENDÓN   No os enojéis conmigo, os lo ruego. No soy un clavo en vuestro zapato, pero si tal fuera la problemática, quizá podría ayudaros.

MARULO   ¡Lo que hay que oír! ¿Ayudarme tú a mí, pedazo de escoria?

REMENDÓN   Quiero decir, remendar.

FLAVIO   Ah, un zapatero remendón... ¿Ese es el misterioso oficio?

REMENDÓN   La verdad, señor, solo vivo para el punzón. Ni en cosas de gremios me lío, ni en líos de faldas me enredo. Eso es todo, oficial. Soy un médico del calzado. Cuando su salud peligra, yo le devuelvo la vida. Los hombres más dignos que jamás honraran suelo romano han descansado el pie sobre el fruto de mis manos.

FLAVIO   Pero hoy no estás en tu taller...

¿Y por qué marchan estos por las calles?

REMENDÓN   Francamente, señor, si quiero tener trabajo alguien debe gastar sus suelas... Pero, en honor a la verdad, nos hemos dado el día libre para ver a César y celebrar su triunfo.

MARULO   Celebrar... ¿y qué habría que celebrar?

¿Con qué victoria honra a Roma?

¿Dónde están los prisioneros... Dónde los derrotados
que adornen, cautivos, las ruedas de su carruaje?

Ay, romanos sin sentimiento. ¿Quién talló estos corazones
más duros que la dura piedra? ¡Sois unas bestias sin alma!

¿Ya olvidasteis a Pompeyo? Cuántas y cuántas veces
treparon muros y almenas hasta llegar a las torres,
a las ventanas, sí... A las más altas chimeneas,
con sus fétidos críos a cuestas, y ahí pasaron las horas
de sol a sol, paciente e ilusionada la plebe,
para observar a Pompeyo cruzar las calles de Roma.

¿No lanzaron entonces un clamor universal

que hizo temblar al Tíber en su lecho,
para llevar hasta lejanos rincones esos gloriosos ecos?
¿Y hoy visten sus mejores galas?
¿Y hoy eligen estar de fiesta?
¿Y hoy cubren de flores el paso de aquel que alzó
su triunfo sobre la sangre de Pompeyo?
¡Fuera de aquí, basura!
Vuelvan a casa arrepentidos
y rueguen a los dioses para que los libren
de las mil plagas que merecen por ingratos.

FLAVIO   Vayan, compatriotas, vayan. Y para reparar esta ofensa
reúnan a todos los gusanos de su calaña.
Vayan a las riberas del Tíber a desaguar la desdicha
en su cauce, hasta que la ola más baja
bese la orilla más alta.

*Se retiran los plebeyos.*

¿Ves que en el fondo se conmueven,
o al menos guardan la lengua?
Baja tú hacia el Capitolio; yo iré por otro camino.
Desviste las estatuas que han cubierto de trofeos, estos cretinos.

MARULO   ¿Estará bien? Hoy es la fiesta de las Lupercales, ya sabes.

FLAVIO   ¡Y a quién le importa! Que no quede efigie adornada para
[César.
Yo espantaré a la chusma de las calles. Tú haz lo propio:
donde veas que hacen nata, los desbandas.
Estas plumas incipientes arrancadas de sus alas,
mantendrán a César en su sitio, que ya se encumbra muy alto.
Tal como vamos, desde el cielo nos verá sometidos
por la servidumbre del miedo.

*Salen.*

*Música. Entran* CÉSAR, ANTONIO *preparado para la carrera,*
CALPURNIA, PORCIA, DECIO, CICERÓN, BRUTO, CASIO,
CASCA, *un* ADIVINO, *una multitud de ciudadanos;*
*les siguen* MARULO *y* FLAVIO.

CÉSAR   ¡Calpurnia!

CASCA   ¡Atentos! Habla César.

*Cesa la música.*

CÉSAR   Calpurnia.

CALPURNIA   Aquí estoy, señor mío.

CÉSAR   Cuando veas correr a Antonio
crúzate en su camino.
¡Antonio!

ANTONIO   Mande, señor.

CÉSAR   No olvides, en tu premura, rozar a Calpurnia.
Nuestros ancestros dicen que una mujer sin fruto
puede engendrar descendencia si le rozan en la carrera.

ANTONIO   Así será, señor.
Lo que César disponga, puede darlo por hecho.

CÉSAR   A ello, pues, y sin descuidar los rituales.

*Música.*

ADIVINO   ¡César!

CÉSAR   ¿Eh? ¿Quién me llama?

CASCA   Silencio, plebeyos. Que acabe ese bullicio.

*Cesa la música.*

CÉSAR   ¿Quién me llama?
Desde la multitud me alcanza una voz aguda
que mi nombre invoca. Habla. César te escucha.

ADIVINO  Debes temer, señor, a los idus de marzo.

CÉSAR  ¿Quién habla?

BRUTO  Un visionario que bien te quiere.

Ten cuidado, señor, de los idus de marzo.

CÉSAR  Tráiganlo ante mí. Quiero verle esa cara.

CASIO  Acércate, amigo. Mira a César.

CÉSAR  ¿Qué me dirás ahora? Repite lo que has dicho.

ADIVINO  Ten cuidado, señor, de los idus de marzo.

CÉSAR  Al demonio con este. Está delirando. ¡Adelante!

*Clarines, salen todos menos*
BRUTO *y* CASIO.

CASIO  ¿Te harás cargo de las carreras?

BRUTO  Ni pensarlo.

CASIO  Te lo ruego, ven conmigo.

BRUTO  Nunca me han gustado los juegos. Me falta
la rapidez de Antonio y su presteza.
Pero te dejo, Casio. Tú a lo tuyo.

CASIO  Hace un tiempo que te observo, Bruto.
Ya no veo en tus ojos la ternura y el afecto
que antes daba por míos.
Tan hosco y tan seco conmigo. ¿Por qué?
Para quien tanto te quiere es muy difícil.

BRUTO  No te engañes, Casio.
Si me notas reservado, será porque cargo
a solas mis problemas. De un tiempo a esta parte
me desgarran sentimientos enfrentados,
ideas que solo a mí conciernen,
que dan pasto, quizá, a esta conducta huraña.
Pero no quiero herir a mis buenos amigos,
entre los que, por cierto, te incluyo.
No busques más razón para mi olvido.

Solo este pobre Bruto que, en guerra consigo mismo,
ha descuidado su deuda con los que son más queridos.

CASIO  Entonces, Bruto, juzgué mal tus sentimientos.

Y por eso guardé en secreto mis grandes planes,
hondas reflexiones dignas de tomarse en cuenta.
Dime, buen amigo, ¿puedes verte la cara?

BRUTO  No, Casio. El ojo no se ve a sí mismo
más que por reflejo en otros.

CASIO  Precisamente. Y mucho se lamenta, Bruto,
que no tengas a mano los espejos
que revelen esa grandeza escondida,
para descubrir, ante ti, tu verdadera imagen.
Dejando de lado al inmortal César,
he oído a romanos muy nobles nombrarte,
y, quejándose del yugo de los tiempos,
pedían que el noble Bruto hiciera uso de sus ojos.

BRUTO  ¿Qué trampas me tiendes, Casio,
llevándome a ver en mí lo que no existe?

CASIO  Escucha bien, Bruto querido.

Puesto que, como dices, solo puedes ver tu reflejo,
acepta que yo, tu espejo, con modestia
te revele lo que aún no sabes de ti.
Y no desconfíes de mí, Bruto,
que si yo fuera un tipo que trata de caer en gracia,
o jurara mi amor con añejas promesas
al primero que me solicitara; si creyeras
que alabo y busco a los hombres
para luego difamarlos; o peor,
que me vendo a la chusma por un plato de comida,
entonces podrías llamarme peligroso.

*Clarines y aclamaciones dentro.*

BRUTO    ¿Por qué tanto griterío?

Temo que el pueblo ha aclamado a César como rey.

CASIO    ¿Lo temes? Supongo, por lo tanto,

que no deseas verlo coronado.

BRUTO    No, Casio. No lo deseo. Y, pese a todo, bien le quiero.

Pero ¿para qué alargar este tema?

¿Qué historia me vas a contar?

Si hablamos de servir al bien común,

pon de un lado el honor, del otro lado la muerte.

Y fríamente mediré a ambos,

pues, que me castiguen los dioses, si no valoro el honor

más de lo que temo a la muerte.

CASIO    He visto tu virtuoso fondo, Bruto,

tanto como conozco tu rostro.

Pues bien, el honor es el tema de mi historia.

No sé lo que tú o el resto piensan de esta vida.

Por lo que a mí toca, antes moriría que vivir a la sombra

de un sujeto que no es mejor que yo.

Nací tan libre como César, igual que tú.

Vigorosos los dos, y tan capaces de soportar

el gélido invierno como él lo hace.

Recuerdo un día frío y borrascoso,

en que el Tíber luchaba salvaje contra su cauce.

César me dijo: «¿Te atreves, Casio, a zambullirte conmigo

en estas olas furiosas y nadar hasta la punta aquella?».

Tan pronto lo propuso, me lancé, coraza y todo,

y le pedí que me siguiera. Así lo hizo.

El torrente rugía contra nuestro avance,

pero con nervio entusiasta lo atacamos

y con corazón valiente embestimos.

Pero antes de llegar a nuestra meta,

César suplicó: «¡Sálvame, Casio, que me hundo!».

Y tal como nuestro gran Eneas,
cargó al viejo Anquises en sus hombros,
para librarlo de las llamas de Troya,
así de las olas del Tíber
tuve que rescatar a un César derrotado.
¿Y este mismo hombre hoy se ha vuelto un dios? ¿Mientras
                                 [Casio
es un pobre patán que debe hacer una venia
si César, por descuido, deja caer un saludo?
Te contaré otra historia.
Estando en España le vino un padecimiento
y yo vi bien cómo temblaba de fiebre.
Este dios se agitaba de veras.
Sus labios cobardes palidecían,
y el mismo ojo que aterra al mundo entero
había perdido su brillo. Lo oí quejarse, sí,
y ese vozarrón suyo, que convoca a los romanos a seguirlo
y a inscribir cada discurso suyo en los tratados,
lloriqueaba como una niña. «Dame algo de beber, Titinio».
¡Oh, dioses! ¡Me asusta que tal desperdicio de hombre
marche al mando de un mundo majestuoso
y cargue él solo con la gloria!

*Aclamaciones y*
*clarines dentro.*

BRUTO   ¿Más gritos de la plebe? ¿Más aplausos?
     Están cubriendo a César de honores, de seguro.
CASIO   ¡Seguro! Él se eleva sobre el mundo
     como un coloso. Y nosotros, míseros lacayos,
     debemos caminar bajo su planta y preguntar
     dónde está la tumba innoble que nos espera.
     Los hombres son dueños de su destino,

y no culpemos a la mala estrella de nuestras faltas,
cuando nosotros mismos nos dejamos someter.
Bruto y César... Bruto y César...
  ¿Qué tiene el nombre de César
que convoca más que el tuyo? Escríbelos juntos:
el tuyo es tan digno como el suyo.
Pronúncialos: suenan igual en la boca.
Pésalos: son del mismo calibre. Invoca a los espíritus:
el nombre de Bruto puede lo que puede César.
¡Ay, dioses! ¿De qué carne se alimenta nuestro César
que se ha vuelto tan grandioso?
Tiempos de ignominia, cuando en Roma
ya no queda sangre noble en su linaje.
¿Cuándo, desde el diluvio, existió una era
que guardara fama para un solo nombre?
¿Cuándo, hasta ahora, pudo decirse
que dentro de los muros de Roma
solo un hombre tuviera cabida?
Roma sigue siendo Roma, y sobra espacio,
cuando en ella domina un solo hombre.
Tú y yo aprendimos la historia
de nuestros padres. Existió una vez un tal Bruto
que habría dejado al diablo mudar su corte a Roma,
antes que someterse a un tirano.

BRUTO   Que me quieres, Casio, no lo dudo.
Tus planes para mí, por cierto, intuyo.
Lo que creo, sobre este tema y estos tiempos,
te lo haré saber cuando convenga.
Por lo pronto, en nombre de mi afecto,
te rogaría que dejaras de apremiarme.
Tomaré en cuenta lo dicho. Lo que falte,
lo escucharé con paciencia. Me haré un tiempo

para discutir contigo estos graves problemas.
Hasta entonces, amigo mío, piensa lo siguiente:
Bruto preferiría no haber nacido
antes que llamarse hijo de Roma
en las indignas condiciones del presente.

CASIO  Me alegra que mis débiles palabras
encendieran en ti esa chispa de fuego, Bruto.

*Entran* CÉSAR *y su séquito.*

BRUTO  Ya han terminado los juegos; vuelve César.

CASIO  Cuando pasen, tironea a Casca de la manga.
En su venenoso estilo nos contará
lo que deba saberse de lo ocurrido.

BRUTO  Muy bien. Pero fíjate, Casio,
cómo arde de rabia la faz de César
y su séquito tampoco ha disfrutado el momento.
Calpurnia está muy pálida, y Cicerón
tiene ese semblante atroz que le hemos visto
cuando los senadores lo enfurecen en los debates.

CASIO  Casca nos explicará el problema.

CÉSAR  ¡Antonio!

ANTONIO  ¿César?

CÉSAR  Permíteme rodearme de hombres rozagantes,
de rostros tersos, que gocen de buen sueño.
Ese Casio tiene un aire magro, famélico y
piensa demasiado. Tipos peligrosos, los flacos.

ANTONIO  No le temas, César, no es peligroso.
Es un romano noble, hombre de bien.

CÉSAR  ¡Ojalá fuera más gordo! No es que le tema.
Pero si, siendo César, pudiera ceder al miedo
no sé a quién evitaría más que al escuálido Casio.
Lee demasiado, es un gran observador y tiene

un ojo certero que traspasa las acciones humanas.
Ningún juego le gusta como a ti, no escucha música;
es raro que se alegre, Antonio, y cuando lo hace
pareciera burlarse y despreciarse a sí mismo
por ceder a la tentación de una sonrisa.
Los hombres como él nunca están a gusto
frente a sus superiores y,
son, por lo mismo, muy peligrosos.
Prefiero decirte lo que debería temer
y no lo que temo, pues siempre seré César.
Pero ponte a mi derecha, que este es mi lado sordo
y dime de verdad lo que piensas de él.

*Clarines. Salen* CÉSAR *y su séquito.*
*Quedan* BRUTO, CASIO *y* CASCA.

CASCA   Has tirado de mi toga. ¿Querías hablar conmigo?

BRUTO   Sí, Casca. Cuéntanos qué ocurrió
que César se ve tan decaído.

CASCA   ¿No estaban con él, acaso?

BRUTO   Entonces no estaríamos preguntándote.

CASCA   Bueno, le ofrecieron una corona; y cuando se la acercaron, la apartó con el dorso de la mano, así. Entonces la plebe armó un bullicio.

BRUTO   Y el segundo estruendo, fue por...

CASCA   Por lo mismo, claro.

CASIO   Gritaron tres veces. ¿Y la última?

CASCA   Misma cosa, otra vez.

BRUTO   ¿Tres veces le ofrecieron la corona?

CASCA   Tres veces, te lo juro. Y cada vez él la apartaba con menos ganas, y con cada rechazo mis queridos compatriotas más celebraban.

BRUTO   ¿Quién le ofrecía la corona?

CASCA  Antonio, ¿quién más?

BRUTO  Cuéntanos el modo preciso, amable Casca.

CASCA  Que me cuelguen si entiendo el modo. Todo fue una farsa, apenas me fijé. Vi a Marco Antonio ofrecerle una corona (que tampoco era una corona de las buenas, más bien una diadema) y, como ya les dije, César la apartó, pero a mí nadie me quita que se moría por tenerla. Entonces se la ofreció otra vez, de nuevo la rechazó; pero ¡cómo le costaba quitarle los dedos de encima! Y entonces, por tercera vez, se la ofreció. Por tercera vez, César la apartó; y mientras más la rechazaba, la chusma gritaba y aplaudía con sus manos curtidas, lanzaba al aire sus gorros apestosos y arrojaba una bocanada de tufo tan insufrible, mientras César rechazaba y rechazaba la corona, que por poco lo asfixian. Hasta que cayó al suelo desmayado. Yo por mi parte, ni a reírme me atrevía, porque de solo abrir mis labios habría podido intoxicarme con esa fetidez.

CASIO  Más lento, Casca. ¿Oí bien? ¿César se desmayó?

CASCA  Bueno, cayó al suelo en el foro, echando espuma por la boca, sin habla.

BRUTO  Es muy posible. César sufre el mal de los vahídos.

CASIO  No, no es César quien sufre de ese mal. Somos tú y yo y el buen Casca, los que rodamos por los suelos.

CASCA  No entiendo qué quieres insinuar, pero no hay duda de que César cayó. Y si el populacho no le aplaudía y silbaba, según él los complacía o disgustaba, como hacen los actores, entonces soy un embustero.

BRUTO  ¿Qué dijo al volver en sí?

CASCA  Antes de caer, cuando vio que esa tropa de plebeyos se alegraba de que rechazara la corona, desgarró sus vestiduras y ofreció su garganta al sacrificio. De ser yo un hombre de acción, le habría tomado la palabra y al infierno me voy derecho con la plebe. Ahí fue que cayó. Cuando se recobró, murmuró que, si había cometido un acto impropio, fuera de palabra o acción, rogaba que sus señorías lo achacaran a su enfermedad. Tres o cuatro muchachas a mi lado gritaban «Ay, si es un hombre tan bueno», y de todo corazón le perdonaban. Pero no hay que tomarlas en serio. Así César hubiera apuñalado a sus madres, habrían hecho lo mismo.

BRUTO   ¿Y tan triste se retiró después de eso?

CASIO   ¿Dijo algo Cicerón?

CASCA   Por supuesto. Habló en griego.

CASIO   ¿Para decir...?

CASCA   Si te contara eso, no podría enfrentar tus ojos por farsante. Los que sí entendieron algo, se miraban unos a otros sonriendo y sacudían la cabeza, pero... para mí fue como... ¡como si hablara en griego! Y tengo más noticias todavía. Por sacar los adornos de las estatuas de César, a Marulo y a Flavio les dejaron sin derecho a voz. Me despido, mis mejores deseos para ustedes. Pero, si mal no recuerdo, hubo aún más escándalo.

CASIO   ¿Quieres cenar conmigo, Casca?

CASCA   Con el mayor gusto, si sigo vivo, si no te has arrepentido y tu comida vale la pena.

CASIO   Bueno, entonces te espero.

CASCA   Ahí estaré. Hasta la vista.

*Sale.*

BRUTO   ¡Qué torpe se ha vuelto este tipo!
Solía ser tan astuto en el colegio.

CASIO   Y todavía lo es, para cualquier empresa
noble o de cierto riesgo. Por muy lerdo que lo veas,
esa crudeza es la salsa de su ingenio,
que ayuda a tragar con gusto las venenosas palabras.

BRUTO   Así será. Y por ahora te dejo.
Si mañana quieres hablar conmigo

te veré en tu casa, o si lo prefieres,
te espero en la mía.

CASIO   De acuerdo. Mientras tanto, piensa en el mundo.

*Sale* BRUTO.

Bien, Bruto, eres noble. Sin embargo
tu noble materia puede ser moldeada,
para eso las almas puras tienen amigos.
Pues, ¿quién, por recio que sea, no se deja seducir?
El problema es que César ama a Bruto. A mí me odia.
Si yo estuviera en el lugar de Bruto
no me mimaría tanto, estoy seguro.
Ah, Bruto. Esta noche lanzaré en tu ventana
mensajes con mi letra disfrazada,
supuestas cartas de diversos ciudadanos,
testimonios de la pura devoción
con que Roma honra tu nombre;
y, entrelíneas, translucirá cuán ambicioso es César,
tras lo cual, más le vale a César ir con tiento.
O lo derrotamos, o nos hundimos todos.

*Sale.*

## ESCENA III

*Truenos.*
*Se encuentran* CASCA,
*espada en mano, y* CICERÓN.

CICERÓN   Buenas noches, Casca. ¿Llevaste a César a casa?
¿Por qué vienes sin aliento y con los ojos en blanco?

CASCA   ¿No te asusta cuando todo el reino de la tierra
se agita como una pluma? Ah, Cicerón,
he visto tempestades rasgar los robles nudosos; he visto
al ambicioso mar hincharse de espuma y furia,
tratando de rozar las atroces nubes;
pero nunca hasta esta noche, nunca antes,
crucé una tempestad que escupiera fuego.
Te digo, o están de guerra civil en el cielo
o el mundo se ha insolentado tanto
que los dioses nos mandan la destrucción.

CICERÓN   ¿Y eso? ¿Hubo algo más que te asombrara?

CASCA   Un esclavo común (le debes conocer de vista)
levantó su mano izquierda, que ardía en llamas
como veinte antorchas juntas; y, con todo,
¿me creerás?, no estaba siquiera chamuscada.
Aún peor, frente al Capitolio encontré un león
(desde entonces no guardo la espada)
que me clavó los ojos y se alejó ofendido
sin molestarme. Y en un montículo, reunidas,
había unas cien mujeres pálidas como fantasmas,
aterradas, que juraban haber visto correr,
calle arriba y calle abajo, a hombres vestidos de fuego.
Y ayer, el pájaro de la noche se instaló sobre el foro
a chillar y graznar en pleno mediodía.
Cuando estas rarezas coinciden, que nadie me venga
con que son fenómenos naturales
pues yo sé que traen presagios
funestos para el sitio señalado.

CICERÓN   No dudo que vivimos un tiempo extraño.
Pero el hombre lee en las cosas
lo que no siempre llevan escrito.
¿Vendrá César mañana al Capitolio?

CASCA   Debería, pues le ha pedido a Antonio
que te avisara que estará allí.

CICERÓN   Buenas noches entonces, Casca. Este cielo turbio
no está para andar paseando.

CASCA   Adiós, Cicerón.

*Entra* CASIO.
*Sale* CICERÓN.

CASIO   ¿Quién va?

CASCA   Un romano.

CASIO   Por la voz eres tú, Casca.

CASCA   Buen oído tienes. ¡Qué noche esta, Casio!

CASIO   Grata noche para los hombres de bien.

CASCA   ¿Quién ha visto antes cielos tan amenazantes?

CASIO   Los mismos que han visto a Roma tan llena de lacras.
Por lo que a mí respecta, me he paseado por las calles
entregado a los peligros de la noche. Tanto así
que, como ves, he abierto mi pecho al rayo
y, cuando el azul relámpago quería rasgar el cielo,
me ofrecí gustoso a su disparo.

CASCA   ¿Por qué desafiar a las alturas?
Es humano temblar y sentir miedo
cuando el poder de los dioses nos sorprende
con presagios de horribles mensajeros.

CASIO   ¡Qué tonto eres, Casca! No te tocó esa chispa de ingenio
de todo buen romano, o si la tienes, no la usas.
Palideces y te espantas, y te maravillas
ante la extraña furia de los cielos.
Pero si te preguntaras por la verdadera causa
de esos fuegos y esos fantasmas errantes,
por qué aves y bestias pierden instinto y razón,
o por qué viejos idiotas y niños devienen profetas,

o por qué todo se escapa de sus normas,
sus límites naturales, sus habituales talentos
hasta volverse una monstruosa aberración,
entonces comprenderías que el cielo los ha poseído
para hacerlos instrumentos del horror
y signo de algún monstruoso estado.
Ahora podría, Casca, darte el nombre de aquel
que, como esta noche abominable,
truena, fulmina, abre las tumbas y ruge
igual que el león del Capitolio.
Un hombre cuyos actos no nos superan,
pero se ha convertido en un portento
tan temible como estos extraños entuertos
de la naturaleza.

CASCA    ¿Hablas de César? ¿Es él, Casio?

CASIO    ¡O quien sea! Los romanos de estos tiempos
tienen el cuerpo y miembros de sus ancestros,
pero el coraje de sus padres ha muerto.
Hoy nos gobierna el espíritu de nuestras madres y
así vamos, sometidos y sufrientes, como ellas.

CASCA    Se dice, de hecho, que mañana los senadores
coronarán a César como rey.
Paseará la corona en el mundo entero,
por mar y por tierra, salvo acá, en Italia.

CASIO    Ya sé, pues, dónde empuñaré esta daga,
Casio librará a Casio de sus cadenas.
Con esto, dioses, los débiles se hacen fuertes.
Con esto, dioses, se derrota a los tiranos.
Ni torres de piedra, ni muros de bronce,
ni insanas mazmorras ni argollas de fierro
pueden someter la fuerza del espíritu,
pues harta la vida de prisiones terrenas,

siempre hallará forma de liberarse.
Digámoslo de este modo y
que lo sepa el mundo entero:
la cuota de tiranía que soporto,
¡puedo sacudírmela cuando me plazca!

*Siguen los truenos.*

CASCA    También yo, si es por eso.
Todo esclavo tiene en sus manos
la fuerza para romper sus cadenas.

CASIO    Y entonces ¿por qué habría
de convertirse César en tirano?
¡Pobre tipo! Yo sé que no sería lobo
si no viera a los romanos como ovejas;
ni sería león, de no ser los romanos tan pacientes.
Una gran hoguera empieza por pequeñas chispas.
¡Qué porquería es Roma, qué basura, qué viruta,
si sirve para alumbrar a un fuego tan mísero como César!
¡Ah, furia! ¿Dónde me has llevado?
Quizá me excedí frente a un corazón cautivo.
De ser así, tendré que dar la cara. ¿Y qué?
Poco me ata el peligro, para eso voy armado.

CASCA    Hablas con Casca, que no es ningún soplón.
Ahora ten, mi mano.

*Se dan un apretón de manos.*

Inicia el movimiento que repare estos agravios
y mi pie irá tan lejos como el del más valiente.

CASIO    Trato hecho.
Y puedo por fin confiarte, Casca, que he convencido
a algunos de los más dignos romanos
para intentar juntos una empresa de efectos

tan nobles como apremiantes.

Sé que ahora me esperan en el Atrio de Pompeyo,
pues esta terrible noche nada se agita o mueve
en las calles, y el ánimo del cielo es tan propicio
como el plan que nos traemos entre manos.
Sangriento, feroz, horripilante.

*Entra* CINNA.

CASCA  Escóndete un momento, que acá viene uno con prisa.

CASIO  Es Cinna, lo conozco por su andar.
Un buen amigo. ¿Dónde vas tan apurado, Cinna?

CINNA  A encontrarte. ¿Quién es ese? ¿Metelo Cimbro?

CASIO  No, es Casca, que se ha sumado
a nuestra empresa. ¿No me esperan, Cinna?

CINNA  Me alegro de saberlo, Casca. ¡Qué noche espantosa!
Algunos hemos visto cosas increíbles.

CASIO  Pero, dime, ¿no me esperan?

CINNA                                              Así es.
Bueno sería, Casio, si pudieras convencer
al noble Bruto de sumarse a nuestro intento.

CASIO  Ten confianza. Toma esta nota, buen Cinna,
y déjala en la silla pretorial, donde Bruto
esté obligado a verla; y esta
tírala a su ventana. Esta, pégala con cera
en la estatua del viejo Bruto. Todo hecho,
vuelve al Atrio de Pompeyo donde hemos convenido.
¿Ya están allí Decio Bruto y Trebonio?

CINNA  Todos, salvo Metelo Cimbro, que fue a buscarte a tu casa.
Ahora me apuro con las cartas, como has pedido.

CASIO  Una vez libre, ve al teatro de Pompeyo.

*Sale* CINNA.

Y tú, Casca, sígueme. Todavía hay tiempo
de ver a Bruto en su casa. Tres partes suyas
ya son nuestras. Un nuevo encuentro,
y se habrá entregado por completo.

CASCA   ¡Qué alto lugar le otorgan a Bruto los romanos!
Lo que en nosotros sería una bajeza
su apoyo, como una alquimia,
transformará en virtud y grandeza.

CASIO   Él, su valor y la falta que nos hace: todo
lo has calculado en justa medida. Vamos.
Es pasada medianoche, y antes que llegue el día
lo tendremos, despierto y de nuestra parte.

*Salen.*

# SEGUNDO ACTO

## ESCENA I

*Entra* BRUTO
*a su huerta.*

BRUTO    ¡Vamos, Lucio! ¡Arriba!
Las estrellas no brillan para indicarme
cuánto falta para el amanecer. ¡Anda, Lucio!
Qué no daría por dormir largo y tendido como este.
¡Hasta cuándo, muchacho! ¡Despierta de una vez!
LUCIO    ¿Llamaba, mi señor?
BRUTO    Lleva una vela a mi estudio, Lucio.
Cuando esté encendida, vuelve a buscarme.
LUCIO    Así lo haré, señor.

*Sale.*

BRUTO    Tendrá que ser con su muerte. Por mi parte,
no tengo más motivo para dañarle que el bien del pueblo.
Le coronarán, ¡qué duda cabe!
Cómo cambiará su temple es otra historia.
Solo a la luz del día la serpiente se despierta,

y eso exige estar alerta. Entréguenle la corona
y, me temo, le habremos dado un aguijón
que usará para herirnos a su antojo.
El abuso de grandeza es el desgarro
entre conciencia y poder. Siendo honestos,
no puedo decir que, en César, las pasiones sometieran
su razón. Mas es sabido
que la humildad es el primer peldaño en la ambición
que el trepador pone en su mira,
y el primero que olvida, cuando en la cima,
al ver las nubes, de espalda a la pendiente,
desprecia el inicio de su ascenso.
Eso puede hacer César, y por dicho «puede»,
habrá que tomar medidas. Puesto que el caso
contra él no tiene mucho peso, digámoslo de este modo:
aquello que es él, acrecentado,
llegará a tal y cual peligroso extremo.
Mirémosle como a una serpiente que,
al salir del cascarón, escupe el veneno de su especie;
y, por lo mismo, debe morir en el embrión.

*Entra*
LUCIO.

LUCIO   Señor, la vela arde en tu despacho.
Buscando con qué encenderla, en tu ventana
hallé esta carta sellada; y estoy seguro
de que no estaba ahí cuando fui a la cama.

*Le da la carta.*

BRUTO   Vuelve a acostarte, que aún no amanece.
¿No son mañana los idus de marzo?
LUCIO   No tengo idea, señor.

BRUTO   Mira el calendario y dímelo.

LUCIO   Como ordene.

*Sale.*

BRUTO   Los meteoros que silban en el aire
dan tanta luz que puedo leer con ellos.

*Abre la carta
y lee.*

«Bruto, estás dormido. ¡Despierta y mírate!
¿Debería Roma, etcétera? ¡Habla, ataca, haz justicia...!»
«Bruto, estás dormido. ¡Despierta!»
A menudo me incitan con estas notas
que dejan a mis pies para que tropiece.
«¿Debería Roma, etcétera?» Así debo completarlo:
¿debería Roma someterse al terror de un solo hombre?
¡Roma! Cuando Tarquinio fue proclamado rey
mis ancestros lo barrieron de nuestras calles.
«¡Habla, ataca, haz justicia!» ¿Para eso me requieren?
¿Para sacar la voz y dar un golpe? Te prometo, Roma,
que si esto restituye tu honor perdido,
con mi propia mano he de cumplir este mandato.

LUCIO   Quince días de marzo ya se han ido.

*Llaman dentro.*

BRUTO   Muy bien, muchacho. Ve a la puerta; alguien llama.

*Sale
LUCIO.*

Desde que Casio me agitara contra César,
desde esa primera vez, no he dormido.
Entre ese primer gesto y el horrible acto consumado,

el interregno es como el fantasma de un sueño.
El espíritu y las herramientas mortales
entran en disputa y, como un pequeño reino,
el estado humano sufre una reyerta interna.

*Entra*
LUCIO.

LUCIO    Señor, en la puerta está tu cuñado Casio
         y pide verte.
BRUTO              ¿Viene solo?
LUCIO    No, señor, otros patricios lo acompañan.
BRUTO    ¿Los conoces?
LUCIO    No, señor. Se esconden bajo sus gorras,
         media cara oculta en las capas;
         no hay modo en que pueda distinguirlos
         por seña alguna en sus rostros.
BRUTO                        Déjalos entrar.

*Sale*
LUCIO.

Son los conspiradores.
¡Ah, sedición!
¿Te avergüenza lucir tu siniestra cara en plena noche
cuando la maldad ronda? Entonces
¿dónde hallarás, de día, cueva tan oscura
que esconda tu semblante abominable?
No la busques, conjura;
más te vale ocultarte en falsas cortesías;
pues si sales con tu rostro verdadero
ni las tinieblas del Erebo podrían
impedir que delatases tu secreto.

*Entran los conspiradores*
*embozados:* CASIO, CASCA,
DECIO, CINNA, METELO
CIMBRO *y* TREBONIO.

CASIO   Temo haber interrumpido tu descanso.

    Buenas noches, Bruto. ¿Molestamos?

BRUTO   Llevo una hora levantado y toda la noche en vela.

    ¿Conozco a alguno de los que te acompañan?

CASIO   A todos. Y cada uno de ellos

    no hace más que honrarte, y cada uno desea

    que tu opinión de ti sea la misma

    que te reserva cada noble romano.

    Este es Trebonio.

BRUTO               Bienvenido.

CASIO   Este, Decio Bruto.

BRUTO               Valga para ti lo mismo.

CASIO   Este Casca; este Cinna; por último, este es Metelo Cimbro.

BRUTO   Sean todos bienvenidos.

    ¿Qué inquietudes los desvelan esta noche?

CASIO   ¿Puedo decirte algo?

BRUTO *y* CASIO
*susurran aparte.*

DECIO   Ese es el oriente. ¿No sale el sol por ahí?

CASCA   No.

CINNA

    Perdóname, señor, pero por allí amanece. Y esas líneas grises

    entretejidas con las nubes son los heraldos del día.

CASCA   Los dos están equivocados, admítanlo.

    Acá, donde apunta mi espada, el sol se levanta,

    lo que, en esta época del año, es un buen tanto hacia el sur.

    En dos meses más, su primer fulgor brillará hacia el norte.

Ahora bien, el alto oriente se encuentra allá,
en línea con el Capitolio.

BRUTO  (*Aproximándose.*) Estrechen otra vez mi mano, uno a uno.

CASIO  Y juremos cumplir nuestro destino.

BRUTO  No, nada de juramentos. Si la cara del pueblo,
si nuestro padecer, si el abuso de estos tiempos
no bastan como razones, dejemos lo dicho hasta acá,
y vuelva cada uno a su ocioso lecho.
Permitamos que el tirano cumpla su voluntad
hasta que cada hombre muera por sorteo. Pero si lo dicho
(y estoy seguro que basta) carga suficiente ardor
para encender al cobarde, y armar de coraje
los débiles corazones, entonces, compatriotas,
¿qué espolón precisamos, más allá de esta causa,
para movernos al desagravio? ¿Qué más alianza
que los romanos que han dado su secreta palabra
y la sostienen? ¿Qué más juramento
que la honestidad, a la honestidad entregada,
de cumplir nuestro deber o morir por ello?
Que juren los sacerdotes y los cobardes, los medrosos,
las carroñas viejas, las almas resignadas al ultraje.
Por bajas causas que juren aquellos que merecen duda,
pero no ensuciemos la dignidad de esta empresa,
ni el valor irrefrenable de nuestro empeño
pensando que esta causa o este intento
precisan de juramentos. Cada gota de sangre
que lleva todo romano, y lleva noblemente,
sería culpable de varias ignominias
si rompiera la menor parte de su promesa.

CASIO  ¿Y qué hay de Cicerón? ¿No deberíamos preguntarle?
Creo que nos apoyará sin reservas.

CASCA  No le dejemos fuera.

CINNA                          Por ningún motivo.

METELO   ¡Oh! Que se una a la causa, porque su pelo cano
    nos ganará apoyo y agregará voces
    que alaben nuestro proceder.
    Nuestra fiereza juvenil quedará oculta
    bajo el manto de su severidad. Dirán
    que fue su sabiduría la que guió estas manos.

BRUTO   ¡No le nombren! No exageremos nuestra franqueza,
    pues él jamás seguirá planes ajenos.

CASIO   Entonces le dejamos fuera.

CASCA   Sin duda, no serviría.

DECIO   ¿Nadie más caerá? ¿Solo César?

CASIO   Bien pensado, Decio. No creo prudente
    que Marco Antonio, tan querido de César,
    deba sobrevivirle. Tendríamos en él
    un estratega hábil, un enemigo de peso.
    Mejorando sus intrigas, puede llevarlas tan lejos
    que acabaremos todos condenados. Para prevenirlo,
    Antonio debiera caer junto a César.

BRUTO   Si cortamos la cabeza, Cayo Casio,
    y luego descuartizamos miembro a miembro,
    nuestro proceder resultará brutal:
    furia en la muerte y luego ensañamiento.
    Pues ¿qué es Antonio, más que un brazo de César?
    Un sacrificio es preciso, Cayo, pero no una masacre.
    Nos levantamos contra el espíritu de César
    y en el espíritu humano no hay sangre.
    ¡Si solo pudiéramos liquidar su alma
    sin desmembrar su cuerpo! Por desgracia,
    César deberá morir por entero. Amigos míos,
    matémosle con valor, pero no con saña.
    Rebanémosle como bocado digno de los dioses,

no como un despojo de carne para los perros.
Que nuestro corazón, cual astuto amo,
incite en sus criados la violencia
para luego castigarles sus excesos. Este afán
debe parecer un acto de necesidad, mas no de inquina.
De este modo, a los ojos del pueblo,
seremos redentores más que asesinos.
Respecto a Marco Antonio, no piensen más,
que él no puede lo que no podrá el brazo de César
cuando haya rodado su cabeza.

CASIO   Así y todo, tengo mis temores,
por el genuino amor que Antonio siente por César.

BRUTO   No pienses más en él, querido Casio.
Si tanto le adora, todo lo que puede hacer
es lamentarse y morir de melancolía:
y eso sería pedir bastante de su parte
porque es muy dado a las diversiones,
al desenfreno y las malas compañías.

TREBONIO   Nada hay que temer, entonces. No le matemos,
porque tras sobrevivir su pena,
se reirá de todo esto.

*Suenan las campanas
de un reloj.*

BRUTO   ¡Silencio! Cuenten las horas.

CASIO   Han dado las tres.

TREBONIO                    Hora de partir.

CASIO   Pero todavía no es seguro
que César vaya a asomarse hoy día.
Se ha puesto supersticioso últimamente,
muy lejos de la severa opinión que tenía antes
de los sueños, los rituales y presagios.

Puede que estos portentos evidentes,
el horror jamás visto de esta noche,
y el prudente consejo de sus augures
le impidan acercarse al Capitolio.

DECIO   No hay razón de alarma. Si decidiera tal cosa
le haré cambiar de opinión. Pues le encanta oír
que los unicornios se atrapan con árboles,
los osos con espejos, los elefantes con trampas,
los leones con redes, y los hombres con elogios.
Cuando le digo que odia a los aduladores,
me jura que sí, sumamente adulado.
Déjenmelo a mí, puedo torcer sus deseos
para llevarle al Capitolio.

CASIO   No, iremos todos a buscarle.

BRUTO   A las ocho a más tardar, ¿están de acuerdo?

CINNA   Que sea a las ocho y sin tardanza.

METELO   Cayo Ligario aborrece a César
desde que lo censuró por alabar a Pompeyo.
Me sorprende que no hayamos pensado en él.

BRUTO   Ve tú a su casa, buen Metelo, de inmediato.
Por muy buenas razones me es devoto.
Dile que venga y yo conseguiré su apoyo.

CASIO   Se acerca la mañana. Te dejamos, Bruto.
Y ustedes, amigos, cada uno por su lado,
pero sin olvidar lo dicho, como romanos de veras.

BRUTO   Señores, luzcan frescos y risueños.
Que no delate el semblante nuestra empresa;
llevémosla oculta, como haría un buen actor,
con presencia de ánimo y con decoro.
Y ahora, buenas noches para todos.

*Salen todos, salvo* BRUTO.

¡Muchacho! ¿Dormido de nuevo? No importa, Lucio.
Goza del dulce rocío del sueño,
tú, que no sufres las visiones ni los fantasmas
que el ansia dibuja en el cerebro del hombre.
¡Cómo no habrías de dormir a gusto!

*Entra*
PORCIA.

PORCIA   Bruto, señor mío.

BRUTO   ¡Porcia! ¿En qué andas? ¡A esta hora levantada!
No debes exponer tu delicada salud
al áspero frío de la madrugada.

PORCIA   Tampoco a ti te conviene. Con poca galantería
te escapaste de mi cama, Bruto, y en la cena de ayer
te levantaste de golpe, para dar vueltas
cruzado de brazos, meditando, suspirando...
Y cuando quise saber si algo te había molestado,
me lanzaste una mirada descortés.
Pese a todo, insistí; esta vez te rascaste la cabeza,
golpeando el suelo en tu impaciencia.
Como volví a preguntarte, repetiste que no,
pero, desechando mi inquietud con un gesto,
me ordenaste retirarme. ¿Qué podía hacer?
Retirarme, pues, con temor de aumentar tu enojo
que ya subía de tono, y confiar que fuera
una racha pasajera de fastidio
de esas que cada hombre tiene en su momento.
No te deja comer, ni hablar, ni dormir.
Y si afectara tu aspecto, Bruto,
como ha cambiado tu modo de ser,
ya no te reconocería. Amor, déjame compartir
la causa de tu tristeza.

BRUTO    No me siento bien, eso es todo.

PORCIA    Bruto es inteligente, y de sentirse mal
haría lo necesario para curarse.

BRUTO    Bueno, eso hago. Querida Porcia, vuelve a la cama.

PORCIA    ¿Está enfermo Bruto? ¿Y es juicioso
pasearse a medio vestir y respirar
los húmedos vahos de la madrugada? ¿Bruto está enfermo
y abandona su lecho confortable
para exponerse al roce malsano de la noche,
y desafiar este aire saturado e impuro
para sumarlo a sus dolencias? No, Bruto mío.
Tú sufres de un tormento de la mente,
que por virtud y derecho de mi título
debo conocer en su detalle. Y de rodillas

*Se arrodilla.*

te conmino por mi celebrada belleza
por todas tus promesas de amor, y la mayor de todas,
por esa que nos entretejió en un solo cuerpo,
a que descubras ante mí, tu sombra, tu mitad,
aquello que tanto te desvela. Y te invito a decirme
qué querían de ti esos hombres; he visto llegar a seis o siete
con las caras ocultas de la propia oscuridad.

BRUTO    No supliques, dulce Porcia.

*La levanta.*

PORCIA    No tendría necesidad, si tú fueras el dulce Bruto.
Pero dime, Bruto, ¿en qué cláusula del contrato conyugal,
me está vedado conocer los secretos que te conciernen?
Soy parte de ti, o eso creo, mas ¿solo cuando te conviene?
Acompañarte a la mesa, complacerte en la cama,
hablarte de vez en cuando, rondar los márgenes de tu deseo,

¿ese es mi lugar en tu vida? Entonces, podría decirse
que Porcia es la ramera de Bruto, pero jamás su esposa.

BRUTO   Eres mi verdadera y legítima esposa,
tan querida como las rojas gotas
que visitan mi atribulado corazón.

PORCIA   De ser así, conocería tu secreto.
Soy mujer, lo admito, pero con todo
soy la mujer que Bruto eligió por esposa.
Soy mujer, lo admito, pero insisto,
una mujer de respeto, la hija de Catón.
Con semejante padre y semejante esposo
¿no tengo, acaso, más fuerza que mis congéneres?
Confíame tus proyectos, no los revelaré.
Como prueba de entereza, me he infligido
una herida aquí, en el muslo. ¿Podré cargar eso
con discreción, y no los secretos del señor?

BRUTO   Ah, dioses,
háganme merecedor de esta mujer tan noble.

*Se oyen golpes.*

¡Escucha, escucha! Alguien llama, Porcia.
Entra un momento. Muy pronto tu pecho sabrá
qué esconde mi alma; te explicaré esas obligaciones
que lees en la inquietud de mi frente.
Pero ahora date prisa, vete.

*Sale* PORCIA.
*Entran* LUCIO *y* CAYO LIGARIO.

¿Quién llama, Lucio?

LUCIO   Acá hay un hombre enfermo que quiere hablarte.

BRUTO   Cayo Ligario, de quien hablaba Metelo.
Muchacho, retírate. Cayo Ligario, ¿qué hay?

LIGARIO    Acepta los buenos días de esta lengua alicaída.

BRUTO    ¡Qué momento elegiste, valiente tú,
para andar con pañuelos! ¡Ojalá no estuvieras enfermo!

LIGARIO    Pues no lo estoy, si Bruto se trae entre manos
cualquier hazaña digna de gloria.

BRUTO    En eso ando, Ligario,
si tu oído está en condiciones de enterarse.

LIGARIO    Por los dioses que en Roma veneramos,
de golpe me declaro bueno y sano.

*Bota su pañuelo.*

¡Alma de Roma!,
hijo dilecto, heredero de la sangre más noble,
como un exorcista has conjurado mis males.
Ordéname de inmediato lo imposible y me empeñaré
hasta verlo ejecutado. ¿De qué se trata?

BRUTO    De un trabajo que devolverá la entereza a los que sufren.

LIGARIO    ¿Y acaso de algunos enteros que deberán sufrir?

BRUTO    Algo de eso hay, también. Nuestro objetivo, Cayo mío,
te lo haré saber camino a casa de aquel
a quien el martirio espera.

LIGARIO                                Ponte en marcha,
yo te sigo con mi ánimo robustecido.
No sé bien a qué, pero me basta con saber
que es Bruto quien me guía.

BRUTO                                Bien, entonces sígueme.

*Salen.*

## ESCENA II

*Truenos y relámpagos.*
*Entra* JULIO CÉSAR
*en camisa de dormir.*

CÉSAR   Ni cielo ni tierra están en paz esta noche.
Tres veces Calpurnia ha gritado en sueños
«¡Socorro! ¡Matan a César!». ¿Quién viene?

*Entra un* SIRVIENTE.

SIRVIENTE   ¿Señor?
CÉSAR   Pide a los sacerdotes que ofrezcan
sus sacrificios y tráeme de regreso sus augurios.
SIRVIENTE   Como mande, señor mío.

*Sale.*
*Entra* CALPURNIA.

CALPURNIA   ¿En qué estás, César? ¿Piensas salir?
Hoy no debes moverte de la casa.
CÉSAR   César debe salir. Nunca las amenazas
le tocan de frente. Al verme la cara, se desvanecen.
CALPURNIA   César, jamás di fe a los presagios. Pero,
más allá de lo que hemos visto y oído,
uno de nuestros hombres cuenta
los horrores que ha presenciado la guardia.
Una leona parió en mitad de la calle
y las tumbas abrían sus bocas para escupir muertos.
Feroces guerreros combatían entre las nubes,
dispuestos en filas, escuadrones y todo el orden militar,
lanzaba sobre el Capitolio una llovizna de sangre.
En el fragor de la lucha, tronaban en los aires,

junto a un relinchar de caballos, agónicos lamentos,
y alaridos de fantasmas que destemplaban las calles.
¡Ay, César! Todo esto es tan extraño.
Tengo mucho miedo.

CÉSAR   ¡Qué poco podemos evitar
de los designios de los dioses poderosos!
Así y todo, tengo que salir, porque estos presagios
afectan tanto a César como al mundo entero.

CALPURNIA   Cuando mueren los mendigos no llueven cometas.
Es la muerte de un príncipe la que encandila los cielos.

CÉSAR   Mil veces muere un cobarde antes de muerto;
los valientes prueban ese sabor una sola vez.
De todos los prodigios que he escuchado,
el más raro es que los hombres deban temer,
pues la muerte, un final inevitable,
llega solo cuando su momento llega.

*Entra*
*el* SIRVIENTE.

¿Qué dicen los augures?

SIRVIENTE   Que no salgas hoy, anuncian.
Escarbando las entrañas de la bestia
no pudieron encontrarle un corazón.

CÉSAR   Así se burlan los dioses de la cobardía.
César sería una bestia sin corazón
si se quedara en casa, prisionero de su miedo.
No, César no hará tal. De sobra sabe el peligro
que César es más peligroso que él.
Somos dos leones nacidos el mismo día,
yo el mayor y más terrible.
Por eso he de salir.

CALPURNIA                  Por desdicha, señor mío,

tu arrogancia puede más que tu prudencia.
No vayas. Culpa a mi miedo, no al tuyo,
por mantenerte encerrado en casa.
Mandaremos al Senado a Marco Antonio,
él dirá que no has amanecido bien.
Deja que te lo pida de rodillas.

*Se hinca.*

CÉSAR   Marco Antonio dirá que estoy enfermo
y, para darte gusto, me quedaré en casa.

*La levanta.*
*Entra* DECIO.

Aquí está Decio Bruto, él puede llevar mi mensaje.
DECIO   ¡Salud, César! Buenos días, noble César.
Vengo a buscarte para ir al Senado.
CÉSAR   En buen momento llegas
para enviar mis saludos a los senadores
e informarles que hoy no iré al Capitolio, Decio.
Decir que no puedo, es falso; decir que no me atrevo lo es más.
Diles, sin más razones, que hoy no iré.
CALPURNIA   Diles que amaneció enfermo.
CÉSAR   ¿César amparado en mentirillas?
¿Tanto he extendido el brazo en mi conquista
que debo esconder la verdad de estos ancianos?
Decio, diles que César no irá, y punto.
DECIO   César todopoderoso, si no quieres que se burlen
en mi cara, dame algo que asemeje una razón.
CÉSAR   La causa es mi voluntad; no quiero ir.
Eso bastará para contentar al Senado.
Pero para tu propio beneficio,
porque te estimo, te digo.

Calpurnia, mi esposa, me quiere en casa.
Soñó anoche que mi estatua,
como una fuente de cien bocas,
chorreaba sangre pura, y muchos romanos fornidos
sonreían, mientras bañaban sus manos en la sangre.
Este sueño lo toma por presagio
de peligros inminentes, y me ha rogado
de rodillas que hoy me quede en nuestra casa.

DECIO   Ese sueño ha sido mal interpretado.
Es una visión muy dulce y auspiciosa
la de tu estatua chorreando por cien caños una sangre
en la cual tantos romanos sonrientes se bañaban.
Significa que Roma absorberá de ti
la savia fortalecedora, y que todos los notables
se pelearán por sus tintes, sus reliquias y blasones.
Esto es lo que encierra el sueño de Calpurnia.

CÉSAR   ¡Y qué bien lo has interpretado!

DECIO   Más lo creerás cuando sepas esto.
Escúchame: el Senado ha decidido
honrar hoy mismo al gran César con la corona.
Si avisas que no irás pueden cambiar de opinión.
Por otro lado, sería inevitable que alguien dijera en broma:
«El Senado suspende su sesión hasta
que la esposa de César tenga un buen sueño».
Si César se esconde, ¿no irán a murmurar
«¡Uy! ¿César tiene miedo?»?
Perdóname, César, por hablarte con franqueza,
pero el hondo y sincero deseo de tu ascenso
mueve a mi cariño más que a mi razón.

CÉSAR   ¡Qué ridículos parecen tus temores, Calpurnia!
Ahora me avergüenzo de haber cedido a ellos.
Tráeme mi toga, que ya parto.

*Entran* BRUTO, CAYO LIGARIO,
METELO CIMBRO, CASCA,
TREBONIO, CINNA *y* PUBLIO.

Y mira, ¡hasta Publio viene a buscarme!

PUBLIO    Buenos días, César.

CÉSAR                    Bienvenido, Publio.

   ¿Y tú, tan temprano levantado, Bruto?

   Buen día, Casca. Cayo Ligario,

   César nunca fue un enemigo tan cruel

   como la fiebre que te aqueja.

   ¿Qué hora es?

BRUTO                    Han dado las ocho, César.

CÉSAR    Agradezco las molestias que se han tomado en mi nombre.

*Entra*
ANTONIO.

Milagro, Antonio el gran trasnochador

logró madrugar esta mañana. Buen día, Antonio.

ANTONIO    Lo mismo te deseo, querido César.

CÉSAR    (*A* CALPURNIA.) Que se preparen dentro, por favor.

No es justo hacer esperar a mis amigos.

(*Sale*
CALPURNIA.)

¡Bueno, Cinna! ¡Y Metelo! ¡Vaya, Trebonio!

Contigo tengo charla para rato;

no te olvides de pasar a verme hoy

y mantente cerca, para no olvidarme yo.

TREBONIO    Lo haré, César. (*Aparte.*) De hecho, tan cerca

que tus mejores amigos me habrían querido lejos.

CÉSAR    Pasen, queridos míos, y gustemos de un buen vino.

Luego, como amigos que somos, saldremos juntos.

BRUTO    (*Aparte.*) Ser amigos y parecerlo no es lo mismo.
¡Ay, César! El alma se me rompe de pensarlo.

*Salen.*

## ESCENA III

*Entra* ARTEMIDORO,
*leyendo un papel.*

ARTEMIDORO

«César, cuídate de Bruto. Ojo con Casio. No apartes la vista de
Casca. No confíes en Trebonio. Haz seguir a Metelo Cimbro.
Decio Bruto te quiere poco. Has herido a Cayo Ligario. En esos
hombres hay un solo deseo y está dirigido contra ti, César. Si no
eres inmortal, ve con cautela. La confianza da paso a la conjura.
¡Que los dioses te protejan! Tu devoto, Artemidoro.»
Aquí me quedaré hasta que pase César
y como un enamorado le entregaré esta nota.
Triste es que la grandeza no pueda sobrevivir
al ponzoñoso mordisco de la envidia.
Si lees esto, César, te habrás salvado.
Si no, los Hados están con los traidores.

*Sale.*

## ESCENA IV

*Entran*
PORCIA *y* LUCIO.

PORCIA    Te lo ruego, muchacho, corre al Senado.
No te pares a responderme y date prisa.
Bien, ¿qué esperas?
LUCIO                              Que me des el encargo, señora.
PORCIA    Ojalá estuvieras de vuelta,
sin tener que decir qué preciso de ti.

*Aparte.*

¡Cuánta entereza necesito de mi lado,
para poner una montaña entre lengua y corazón!
Tengo cabeza de hombre, mas flaquezas de mujer.
¡Y cuánto cuesta a las mujeres guardar secretos!

*A* LUCIO.

¿Todavía acá?
LUCIO            ¿Qué quieres que haga, señora?
Correr al Capitolio ¿y nada más?
Volver así, ¿y nada más?
PORCIA    Cierto. Cuéntame muchacho, si tu señor se ve bien,
porque salió enfermo; presta atención
a lo que hace César, qué súplicas le presentan.
¡Date prisa! ¿Qué es ese ruido?
LUCIO    No oigo ninguno, señora.
PORCIA                              Fíjate bien, te ruego.
He oído un ruido de lucha, turbulento,
que trae el viento desde el Capitolio.
LUCIO    ¡Calma, señora! Nada se oye.

*Entra*
*un* ADIVINO.

PORCIA  Acércate, hombre. ¿Dónde has estado?

ADIVINO  En mi casa, señora.

PORCIA  ¿Qué hora es?

ADIVINO  Cerca de las nueve, señora.

PORCIA  ¿Ya ha llegado César al Capitolio?

ADIVINO  Todavía no.

Voy a tomar mi puesto para verle pasar.

PORCIA  Tienes algo que pedir a César, ¿no es así?

ADIVINO  Algo tengo que pedir, señora. Y si César
hace el honor de escucharme,
le rogaré que se cuide a sí mismo.

PORCIA  ¿Por qué? ¿Sabes de alguna conjura en su contra?

ADIVINO  Ninguna a ciencia cierta, pero temo a muchas.
Buen día para ti. La calle acá es estrecha
y la turba que pisa a César sus talones,
entre prétores, senadores y pedigüeños,
aplastaría a un hombre débil hasta matarlo.
Tengo que buscar un puesto con cierta holgura
para hablar a César tan pronto llegue.

PORCIA  Debo entrar, pobre de mí. ¡Qué cosa débil
es el corazón de una mujer! ¡Ay, Bruto,
que los cielos te ayuden en tu intento!
De seguro este niño me escuchó. Bruto tiene una petición
que César no atenderá. Me siento desmayar.
Corre, Lucio, saluda de mi parte a tu señor,
dile que estoy contenta. Cuando vuelvas
repíteme lo que él te haya dicho.

*Salen por separado.*

# TERCER ACTO

## ESCENA I

*Clarines. Entran* CÉSAR, BRUTO, CASIO, CASCA, DECIO,
METELO, TREBONIO, CINNA, ANTONIO, LÉPIDO, POPILIO,
PUBLIO *y otros senadores,* ARTEMIDORO *y el* ADIVINO
*los reciben.*

CÉSAR    (*Al* ADIVINO.) Ya llegaron los idus de marzo.

ADIVINO    Cierto, César. Pero aun no terminan.

ARTEMIDORO    ¡Salve, César! Lee este escrito.

DECIO    Para cuando mejor te plazca, Trebonio pide
que eches una mirada a esta humilde petición.

ARTEMIDORO    Por favor, César, lee primero lo mío,
que es un asunto que te toca muy de cerca.
¡Léelo, noble César!

CÉSAR    Lo que nos toca de cerca debe atenderse al final.

ARTEMIDORO    No pierdas más tiempo, César, ¡léelo!

CÉSAR    ¿Qué? ¿Está loco este tipo?

PUBLIO    ¡Apártate, infeliz!

CASIO    ¿Cómo? ¿Pidiendo favores en la calle?
Vamos al Capitolio.

CÉSAR *y sus seguidores avanzan.*
*Él se sienta a presidir la sesión.*

POPILIO  (*A* CASIO.) Les deseo éxito en su empresa.

CASIO  ¿Qué gestión, Popilio?

POPILIO  (*A* CASIO.) Buena suerte.

BRUTO  ¿Qué dijo Popilio Lena?


CASIO  Nos deseó éxito en nuestra empresa.

Sospecho que han descubierto nuestro plan.

BRUTO  Fíjate en cómo habla con César. ¡Mírale!

POPILIO *habla con* CÉSAR *aparte.*


CASIO  Deprisa, Casca, que pueden anticiparse.

¿Qué haremos, Bruto? Si esto se sabe,

ni Casio ni César han de regresar

porque me quitaré la vida.

BRUTO  ¡No pierdas la cabeza, Casio!

Popilio Lena no habla de nuestra empresa.

Míralo bien: él sonríe y César no se inmuta.

CASIO  Trebonio aprovecha su tiempo, ¿lo ves, Bruto?

Ya ha quitado a Marco Antonio de en medio.

*Salen* TREBONIO *y* ANTONIO.


DECIO  ¿Dónde está Metelo Cimbro? Que empiece ahora mismo

a hacer sus peticiones a César.

BRUTO  Está preparado. Acércate a él y apóyalo.

CINNA  Casca, eres el primero en levantar la mano.

CÉSAR  ¿Todos listos? ¿Cuál es el problema

que César y el Senado deben resolver?

METELO  (*De rodillas.*) Alto, más grande, poderosísimo César:

Metelo Cimbro arroja ante tus pies

un corazón humilde...

CÉSAR                    Debo advertirte, Cimbro,
que estas cortesías y alabanzas desmedidas
pueden encender la pasión del vulgo
hasta convertir en juego de niños
lo ordenado y previamente decretado.
Mas no te engañes, César no lleva esa sangre voluble
que puede derretirle hasta olvidar su posición
con aquello que conmueve a los idiotas; vale decir
encorvadas reverencias, lisonjas de perro, palabrería.
Tu hermano está desterrado por decreto.
Si te inclinas, ruegas y me adulas,
te apartaré como a un canalla del camino.
Entiéndelo bien, Metelo: ni César inflige males por descuido,
ni se da por satisfecho sin motivo.

METELO   ¿No hay una voz más digna que la mía,
tan dulce de palabra al oído de César
que ayude a revocar el destierro de mi hermano?

BRUTO   (*Hincado.*) Beso tu mano, César, mas no para halagarte,
sino para pedir que Publio Cimbro
sea absuelto ahora mismo de su condena.

CÉSAR   ¿Qué dices, Bruto?

CASIO   (*Hincado.*) ¡Perdón, César! ¡Concede el perdón!
Casio se arrastra más bajo que tu pie para rogarte
que restaures los derechos de Publio Cimbro.

CÉSAR   De estar yo donde ustedes, me sentiría conmovido.
Si se me permitiera rogar, los ruegos me conmoverían.
Pero soy tan constante como la estrella del norte,
cuyas coordenadas fijas la destacan en el firmamento.
Los cielos se alumbran con chispas incontables,
y todas son de fuego y tienen brillo;
pero solo una de ellas mantiene su lugar.
Lo mismo el mundo: está plagado de hombres,

y el hombre es sangre y carne, y entendimiento;
pero entre esos muchos, solo conozco a uno
que se sostiene inalterable en su sitio,
ajeno al movimiento; y ese soy yo.
Déjenme que lo demuestre, incluso en esto.
Dije con firmeza que Cimbro sería desterrado
y con igual firmeza digo: desterrado Cimbro ha de seguir.

CINNA   (*Hincado.*) Te lo ruego, César.

CÉSAR   ¡Fuera! ¿Quieres alzar el Olimpo?

DECIO   (*Hincado.*) Grandioso César...

CÉSAR   ¿No malgasta ya Bruto sus rodillas?

CASCA   ¡Que mis manos hablen por mí!

*Apuñalan a* CÉSAR,
*primero* CASCA, BRUTO *el último.*

CÉSAR   ¿*Et tu, Brute?* ¡Caiga entonces, César!

*Muere.*

CINNA   ¡Libertad! ¡Somos libres! ¡Ha muerto la tiranía!
¡Corran, proclámenlo, vocéenlo en las calles!

CASIO   Vayan a las tribunas y griten:
«¡Libertad! ¡Libertad restablecida!».

*La muchedumbre
da señas de pánico.*

BRUTO   Pueblo, senadores, no tengan miedo...
Estén tranquilos, no hay de qué huir.
La deuda de la ambición ya está pagada.

CASCA   Corre a la tribuna, Bruto.

DECIO                           Y lo mismo, Casio.

BRUTO   ¿Dónde está Publio?

CINNA   Acá, muy confundido con el tumulto.

METELO   Montemos guardia, por si algún amigo de César
    intentara...
BRUTO   Ni hablar de guardias. Anímate, Publio;
    nadie tocará tu persona, ni a un solo romano más.
    Así se lo dirás a todos, Publio.
CASIO   Y vete ahora, no vaya a ser que el pueblo,
    levantado en contra nuestra, pase por encima de tu edad.
BRUTO   Hazlo, y no permitas que nadie pague por esto,
    salvo sus autores.

*Salen todos menos
los conspiradores.
Entra* TREBONIO.

CASIO   ¿Dónde está Antonio?
TREBONIO   Voló a su casa, espantado.
    Hombres, mujeres y niños corren y gritan,
    perplejos, como si el mundo llegara a su fin
BRUTO   Destino, revela tu voluntad.
    Que hemos de morir es obvio. La hora precisa,
    los días que faltan, es lo que cuenta.
CASCA   Así es. Quien pierde veinte años de su vida
    veinte años evita el temerle a la muerte.
BRUTO   Concedido; la muerte es un servicio.
    Y de tal modo, los amigos de César le ahorramos
    la servidumbre del miedo. Postrémonos, romanos,
    bañemos nuestras manos en su sangre
    hasta los codos, y hundamos en ella las espadas.
    Salgamos luego hacia el foro y, saludando,
    con las armas rojas en alto,
    gritemos todos juntos: «¡Paz y Libertad!».
CASIO   Postrémonos, pues, a lavarnos.
    ¡Cuántas veces los siglos venideros

verán representar esta sublime escena
en países y lenguajes aún desconocidos!

BRUTO    Cuántas veces no será un espectáculo
ver a César desangrado. Reducido a polvo,
como ahora, a los pies de la estatua de Pompeyo.

CASIO    Tan a menudo se repetirá esta escena,
tan a menudo, que nuestro grupo será llamado
los Hombres que Liberaron a su Patria.

DECIO    ¿Qué? ¿Salimos?

CASIO    Sí, todos. Bruto adelante
y como escolta nosotros, los corazones
más audaces, los mejores de toda Roma.

*Entra el* SIRVIENTE
*de Antonio.*

BRUTO    ¡Alto! ¿Quién viene? Un amigo de Antonio.

SIRVIENTE    Así es. Bruto, ordenó mi amo que me arrodillara,
así, Marco Antonio ordenó que me postrara
y ya postrado, me pidió que repitiera:
«Bruto es noble, prudente, valeroso y honrado;
César fue magnífico, audaz, poderoso y afable.
Dile a Bruto que lo aprecio y que lo honro;
dile que temí a César, aunque lo honré y bien le quise.
Si Bruto asegura a Antonio que puede visitarle
sin peligro, y llegar a entender por qué César mereció morir,
Marco Antonio no amará tanto a César en su muerte
como a Bruto en vida; y respetará lealmente
la fortuna y rumbo de los asuntos del noble Bruto
a través de esta azarosa coyuntura». Así ha dicho mi señor.

BRUTO    Tu señor es un romano valiente y juicioso,
hecho que jamás puse en duda.
Si le place venir a este lugar, dile,

se lo explicaré todo. Y, por mi honor,
prometo que regresará sano y salvo.
SIRVIENTE   Voy por él ahora mismo.

*Sale.*

BRUTO   Sé que podremos contar con Antonio como amigo.
CASIO   Bueno sería. Pero algo me advierte
que debemos temerle, y mis sospechas
suelen dar en el blanco.

*Entra*
ANTONIO.

BRUTO   Aquí viene Antonio. ¡Bienvenido Marco Antonio!
ANTONIO   ¡Oh, César poderoso! ¿Tan bajo has caído?
Todas tus hazañas y glorias, y botines y victorias
¿reducidos a esta nada miserable? De ti me despido.
Sobre ustedes, señores, no sé qué buscan.
¿Quién más debe verter su sangre? ¿A quién le toca?
De ser yo, no veo mejor momento
que aquel en que ha muerto César,
ni instrumento mejor que esas espadas,
teñidas con la sangre más digna de este mundo.
Si quieren seguir conmigo, les suplico,
dense el placer ahora que rojas sus manos
humean vapor de sangre. Así viva mil años
no estaré más preparado a morir.
No habrá lugar, ni forma más noble de muerte
que esta. Aquí, junto a César, herido por ustedes,
escogidos y diestros espíritus de esta época.
BRUTO   ¡Ah, Antonio, no nos pidas la muerte!
Aunque ahora nos juzgues crueles y sanguinarios
por nuestras manos rojas y este acto,

tú solo ves nuestras manos
y la brutal hazaña por ellas cometida.
No ves nuestros corazones piadosos,
dolidos por el agravio hecho a Roma.
Así como el fuego apaga el fuego, la piedad apaga a la piedad
—y ha causado este mal a César. Por lo que a ti respecta,
nuestras espadas son romas, Marco Antonio.
En la fuerza de su violencia, nuestros brazos te reciben,
como te acoge nuestro espíritu,
con amor fraterno, respeto y aprecio.

CASIO    Tu voz tendrá la misma fuerza que cualquiera
en el reparto de las nuevas dignidades.

BRUTO    Solo ten paciencia hasta que la multitud,
fuera de sí de miedo, logre calmarse.
Entonces te explicaré por qué yo,
quien amaba a César aun mientras le apuñalaba,
me comporté de tal modo.

ANTONIO                    No dudo de tu prudencia.
Que cada cual me dé su mano ensangrentada.
Primero, Marco Bruto, estrecharé la tuya;
luego Cayo Casio, te tomo la mano a ti;
ahora a ti, Decio Bruto; y a ti, Metelo;
sigamos, Cinna, y también tú, valiente Casca,
y por fin, aunque no último en mi afecto,
dame la mano, mi buen Trebonio.
Caballeros, en fin, ¿qué puedo decir?
Mi prestigio se alza en suelo tan resbaladizo
que ustedes me juzgarán como una de dos escorias:
o como un adulador o como un cobarde.
Que te amé, César, es la verdad.
Si tu espíritu pudiera verme en este instante
¿no te dolería más que la muerte

ver a tu Antonio sellar la paz
con los dedos sangrientos de tus enemigos
ante tus propios restos? ¡Alma querida!
Si yo tuviera tantos ojos como tú heridas,
y lloraran tan deprisa como ellas sangran,
no estaría más dolido que entregando
mi amistad a quienes fueron tus verdugos.
¿Podrás perdonarme, noble Julio?
Aquí fuiste acorralado, valiente ciervo,
aquí caíste; y aquí tus cazadores se levantan,
dueños de tus despojos, en tu sangre teñidos.
¡Oh, mundo! Fuiste el bosque para esta presa,
como ella fue tu corazón. Derribado como un ciervo,
por muchos príncipes herido, ¡aquí yaces!

CASIO   Marco Antonio...

ANTONIO                    Perdóname, Cayo Casio,
esto lo diría hasta un enemigo de César.
En labios de un amigo es fría moderación.

CASIO   No te culpo por alabar a César en ese tono,
pero ¿qué pacto piensas hacer con nosotros?
¿Podremos contarte entre nuestros amigos,
o seguimos adelante sin depender de ti?

ANTONIO   Por algo he estrechado sus manos,
pero al ver a César tirado, vacilé un momento.
Soy amigo de ustedes y los estimo a todos,
porque confío que podrán explicarme
cómo, y por qué, era César peligroso.

BRUTO   De no ser así, este sería un espectáculo brutal.
Nuestros motivos están tan llenos de buen juicio
que aun si fueras hijo de César
sabrías darte por satisfecho.

ANTONIO                    No pido más,

salvo el permiso necesario, que suplico,
para trasladar su cuerpo al foro
y, como es deber de un buen amigo,
hablar desde la tribuna en su funeral.

BRUTO   Concedido, Marco Antonio.

CASIO   Bruto, déjame decirte algo.

*Aparte*
*a* BRUTO.

No tienes idea de lo que haces
no consientas que Antonio hable en el funeral.
¿Sabes cuánto afectará al pueblo su discurso?

BRUTO   (*Aparte a* CASIO.)
Si me permites, primero ocuparé la tribuna yo,
y explicaré nuestras razones para acabar con César.
Haré saber también que cuanto Antonio diga,
lo hace con nuestra venia y permiso.
La disposición de rendir los honores
y debidas ceremonias a César
será una ventaja al fin, más que un perjuicio.

CASIO   (*Aparte a* BRUTO.)
No sé qué saldrá de esto, pero no me gusta.

BRUTO   Lleva contigo, Marco Antonio, el cadáver de César.
Abstente de culparnos en tu discurso fúnebre;
dedícate a enunciar todo lo que honra a César,
y señala que lo haces con permiso nuestro.
Si te opones, no tendrás parte en el funeral.
Te dirigirás al pueblo en la misma tribuna
que ocuparé yo, una vez acabe mi discurso.

ANTONIO   Así será. No deseo más que eso.

BRUTO   Prepara su cuerpo pues, y síguenos.

ANTONIO    ¡Perdóname, tú, sangriento trozo de arcilla,
ruina del hombre más noble
que jamás la historia del tiempo conociera.
¡Ay de las manos que tu sangre augusta derramaron!
Ante ellos he sido dócil, mas
sobre tus heridas (que, como bocas mudas
de abiertos labios rojos convocan
mi voz y mi palabra) hago esta profecía:
sobre la materia humana caerá una maldición.
Debacles internas y una cruel guerra civil
mortificarán a Italia entera.
Tan comunes serán la sangre y el estrago,
y las escenas de muerte tan familiares,
que las madres sonreirán al contemplar
los despojos de sus hijos, desmembrados por la guerra,
toda compasión agotada en la barbarie.
Con Atis a su lado, escapada del infierno,
el alma de César marchará en pos de venganza
para clamar con un grito soberano: «Destrucción».
Y en estos confines campearán las bestias de la guerra,
hasta que el hedor de la infamia se eleve sobre la tierra
como el de la carroña humana que reclama sepultura.

*Entra el* SIRVIENTE *de Octavio.*

Sirves para Octavio César, ¿no es verdad?
SIRVIENTE    Así es, Marco Antonio.
ANTONIO    César le escribió para que viniera a Roma.
SIRVIENTE    Sí, recibió sus cartas y viene en camino.
Y me ruega que te entregue este mensaje en persona...
¡Oh, César!

ANTONIO    Tu corazón se desborda. Hazte a un lado y llora.
　　　La emoción se contagia, porque mis ojos
　　　se inundan al ver las gotas de congoja
　　　que corren de los tuyos. Pero tu amo, ¿ya viene?
SIRVIENTE    Acampará esta noche a unas siete leguas de Roma.
ANTONIO    Vuelve a él de prisa y cuéntale lo ocurrido.
　　　Nuestra Roma está enlutada, una Roma peligrosa...
　　　No es ciudad segura todavía para Octavio.
　　　Ve pronto y díselo. Pero espera un momento...
　　　No te retires hasta que yo haya llevado
　　　este cadáver al foro. Ahí juzgaré,
　　　con mi discurso, cómo recibe el pueblo
　　　la brutal proeza de estos canallas.
　　　De acuerdo a lo cual, tú informarás
　　　al joven Octavio cómo van las cosas.
　　　Ahora ayúdame.

*Salen con*
*el cuerpo de* CÉSAR.


ESCENA II

*Entran* BRUTO *y* CASIO
*con los* CIUDADANOS.


CIUDADANOS    ¡Queremos una razón! ¡Dennos una razón!
BRUTO    Síganme pues y presten atención, amigos.
　　　Casio, tú ve a la otra calle
　　　y dividamos los grupos.
　　　Los que quieran oírme, quédense acá;
　　　los que prefieran a Casio, síganlo a él.

No tengan dudas: la muerte de César será pública
y debidamente justificada.

BRUTO
*sube a la tribuna.*

PRIMER CIUDADANO   Yo quiero oír a Bruto.

SEGUNDO CIUDADANO   Yo escucharé a Casio y luego comparamos
razones.

*Sale* CASIO
*con algunos* CIUDADANOS.

TERCER CIUDADANO   El noble Bruto ocupa la tribuna. ¡Silencio!

BRUTO   Tengan paciencia hasta el final.

Romanos, compatriotas y amigos queridos, permítanme defender
mi causa y guarden silencio para oírme bien. Créanme, por mi
honor, y en mi honor crean. Censúrenme con su sabiduría y avi-
ven los sentidos, pues así serán mejores jueces. Si en esta asamblea
está algún dilecto amigo de César, a él le digo: que el amor de
Bruto por César nunca fue menor que el suyo. Si este amigo,
entonces, preguntara por qué Bruto se levantó contra César, mi
respuesta sería: no porque Bruto amara menos a César, sino porque más ama a Roma. ¿Preferirían que César viviera y morir todos como esclavos o vivir en libertad con César muerto? Puesto
que César me quiso, lloro por él; porque tuvo fortuna, se la cele-
bro; porque fue valiente, le honro, porque fue ambicioso, hube de
darle muerte. Hay lágrimas para su amor, alegría para su fortuna,
honra para su coraje y muerte para su ambición. ¿Quién, entre
ustedes, es tan abyecto que querría ser esclavo? Si hay alguno, que
hable, pues lo he ofendido. ¿Quién tan bárbaro que no quisiera
ser romano? Si hay alguno, que hable, pues lo he ofendido.
¿Quién tan vil que no ama a su patria? Si hay alguno, que hable,
pues lo he ofendido. Espero en silencio una respuesta.

CIUDADANOS   Ninguno, Bruto, ninguno.

BRUTO   Entonces nadie ha sido ofendido. No hice con César más que lo que ustedes harán con Bruto. Los motivos de su muerte están inscritos en el Capitolio, sin rebajar los méritos que le dieran gloria, ni exagerar las culpas por las que sufrió la muerte.

> *Entran* MARCO ANTONIO *y otros*
> *con el cadáver de* CÉSAR.

Acá llega su cuerpo, honrado por Marco Antonio, que no tomó parte en su caída. Pese a todo, de ella se beneficiará con un lugar en la asamblea, lo mismo que todos y cada uno de ustedes. Con esto me despido. Puesto que asesiné a mi amado amigo por el bien de Roma, con esta misma daga pondré fin a mis días cuando el pueblo así lo estime necesario.

CIUDADANOS   ¡Viva, Bruto! ¡Viva! ¡Viva!

> BRUTO *baja*
> *de la tribuna.*

PRIMER CIUDADANO   Llevémosle a su casa en triunfo.

QUINTO CIUDADANO   Que tenga una estatua junto a las de sus ancestros.

TERCER CIUDADANO   Que sea César.

CUARTO CIUDADANO   Que lo mejor de César se corone en Bruto.

PRIMER CIUDADANO   Acompañémosle a casa con vítores y clamores.

BRUTO   Compatriotas...

CUARTO CIUDADANO   ¡Quietos! ¡Silencio! ¡Habla Bruto!

PRIMER CIUDADANO   ¡A callar!

BRUTO   Queridos compatriotas, déjenme ir solo,
y por mi bien, les ruego acompañen a Antonio.
Que se honre el cuerpo de César, tanto como las palabras
que Antonio dirigirá a ustedes, para exaltar su gloria,
con nuestra aprobación y permiso. Salvo yo,

ni un solo hombre debe retirarse, les suplico,
hasta que Antonio haya hecho su discurso.

*Sale.*

PRIMER CIUDADANO   ¡Quedémonos! Escuchemos a Marco Antonio.

TERCER CIUDADANO   ¡Que suba a la tribuna! Le oiremos. Sube,
noble Antonio.

ANTONIO   Por gracia de Bruto, me dirijo a ustedes.

*Sube a la tribuna.*

QUINTO CIUDADANO   ¿Qué dijo de Bruto?

TERCER CIUDADANO   Que gracias a él se dirige a nosotros.

QUINTO CIUDADANO   Más le conviene no hablar mal de Bruto, entonces.

PRIMER CIUDADANO   Este César era un tirano.

TERCER CIUDADANO   ¡Eso seguro! Es una bendición que Roma se lo
quitara de encima.

CUARTO CIUDADANO   ¡Silencio! Oigamos los que Antonio tiene que
decir.

ANTONIO   Ustedes, buenos romanos...

CIUDADANOS   ¡Silencio! Escuchémosle.

ANTONIO   Amigos, romanos, compatriotas; préstenme oídos.
He venido a enterrar a César, no a alabarlo.
El mal que hacen los hombres les sobrevive;
el bien queda a menudo sepultado con sus huesos.
Que así sea con César. El noble Bruto
les ha dicho que César era ambicioso.
De ser cierto, habría sido una falta grave,
y gravemente César ha pagado por ella.
Aquí, con la venia de Bruto y los suyos
(porque Bruto es un hombre honorable;
como lo son todos ellos, hombres de honor)

vengo a hablar en el funeral de César.
Era mi amigo, justo y leal hacia mí,
pero Bruto dice que era ambicioso,
y Bruto es un hombre honorable.
Trajo rehenes a Roma que
colmaron nuestras arcas con sus rescates.
¿Por esto se pensó que César era ambicioso?
Cuando los pobres lloraban, César lloraba con ellos;
¿no se forja la ambición en la materia más dura?
Pero Bruto dice que era ambicioso,
y Bruto es un hombre honorable.
Todos vieron en las Lupercales
que tres veces le ofrecí la corona real,
y tres veces la rechazó. ¿Esa era su ambición?
Pero Bruto dice que era ambicioso,
y, seguro, él es un hombre honorable.
No hablo para refutar las palabras de Bruto,
sino para declarar lo que yo sé.
En vida todos le amaron, y no sin causa.
¿Qué causa puede impedirles honrarle en muerte?
¡Ah, sensatez! Te has alojado en bestias sin alma
y dejado a los hombres sin razón... Perdónenme,
pero mi corazón está en el féretro con César,
y debo esperar hasta que vuelva a mí.

PRIMER CIUDADANO   Yo creo que le sobra razón en lo que dice.

CUARTO CIUDADANO   Si lo piensas bien, con César han hecho una
bajeza.

TERCER CIUDADANO   ¿Verdad que sí, caballeros?
Me temo que su lugar lo ocupará uno peor.

QUINTO CIUDADANO   ¿Le oyeron bien? Dijo que no quería la corona.
Entonces no era ambicioso.

PRIMER CIUDADANO   Si fuera así, algunos pagarán por ello.

CUARTO CIUDADANO    Pobre Antonio, le arden los ojos de tanto llorar.

TERCER CIUDADANO    No hay en Roma un hombre más noble que él.

QUINTO CIUDADANO    Atentos, que empieza a hablar de nuevo.

ANTONIO    Hasta ayer la palabra de César podía
desafiar al mundo entero. Hoy yace entre nosotros,
sin que nadie se rebaje a homenajearle.
Señores, si fuera mi intención incitar sus mentes
y corazones al motín y la revuelta,
sería injusto con Bruto, e injusto también con Casio
quienes, ustedes bien saben, son hombres honorables.
No seré injusto con ellos. Elijo en cambio,
ser injusto con quien ha muerto, con ustedes y conmigo,
antes que agraviar en modo alguno a hombres de tanto honor.
Pero tengo aquí un pergamino, con el sello de César,
que hallé en su despacho: es su testamento.
Si conociera el pueblo este testamento,
que, con perdón de ustedes, no me propongo leer,
correrían todos a besar las heridas de César,
y empapar sus pañuelos en la sagrada sangre,
y suplicar, sí, suplicar de recuerdo un cabello suyo,
que al morir dejarían,
como el valioso legado a su descendencia.

QUINTO CIUDADANO    ¡Oigamos el testamento! ¡Léelo, Marco Antonio!

CIUDADANOS    ¡Queremos oír! ¡Queremos oír! Lee su testamento.

ANTONIO    Paciencia, buenos amigos; no debo leerlo.
No es recomendable que sepan cuánto les amaba César.
No son ustedes leños ni piedra, sino hombres;
y como buenos hombres, al conocer su testamento,
se encenderían de justa ira hasta volverse locos.
Mejor es que ignoren que los nombra herederos,
pues de otro modo... ¡qué barbaridad no cometerían!

QUINTO CIUDADANO   ¡Léelo, Antonio! ¡Queremos oírlo!

¡Lee el testamento de César!

ANTONIO   ¿Tendrán paciencia? ¿Podrán estarse quietos?

He ido demasiado lejos al hablarles de esto.

Me temo haber sido injusto con esos hombres de honor

que clavaron en César sus puñales. Mucho me temo.

QUINTO CIUDADANO   ¡Qué honor ni qué honor! ¡Eso se llama traición!

CIUDADANOS   ¡El testamento! ¡El testamento!

CUARTO CIUDADANO   ¡Son unos canallas, unos asesinos! ¡El testamento! ¡Léelo de una vez!

ANTONIO   ¿Me obligarán, pues, a leer el testamento de César?

Hagan un ruedo alrededor de sus restos,

y permitan que les enseñe a aquel que lo escribió.

¿Puedo bajar, pues? ¿Me está concedido?

CIUDADANOS   Sí, baja.

TERCER CIUDADANO   Tienes permiso.

ANTONIO
*baja.*

QUINTO CIUDADANO   Formen un círculo alrededor de su cuerpo.

PRIMER CIUDADANO   Apártense del féretro, aléjense del cadáver.

CUARTO CIUDADANO   Hagan lugar a Antonio, al noble y respetado Antonio.

ANTONIO   No me aplasten. Retrocedan, por favor.

CIUDADANOS   ¡Atrás! ¡Hagan lugar!

ANTONIO   Si tienen lágrimas, prepárense a derramarlas.

Todos conocen este manto. Recuerdo

la primera vez que César lo llevaba encima.

Fue en su tienda, una noche de verano,

el mismo día en que había vencido a los nervos.

Mírenlo bien, en este sitio se hundió el puñal de Casio.

Vean el tajo que abrió el rencoroso Casca.
A través de este, el amadísimo Bruto cargó su daga,
y al retirar su maldito acero, dejó un rastro
de sangre de César, que le seguía
como a través de puertas para cerciorarse
si podía ser su Bruto quien tan arteramente le golpeaba...
Porque Bruto, ustedes saben, era un ángel para César.
¡Juzguen ustedes, dioses, cuán tiernamente César le amaba!
Esta fue la herida más honda, la peor de todas,
pues cuando César vio que era Bruto quien le atacaba,
pudo más la ingratitud que los brazos traidores,
y se dio por vencido. Entonces su enorme corazón estalló,
y cubriéndose el rostro con el manto,
ahí, al pie de la estatua de Pompeyo,
que no paraba de llorar sangre, el gran César cayó.
¡Y qué caída esa, compatriota!
En ese momento, ustedes y yo, caímos juntos,
mientras una traición infame florecía.
¡Ah, ahora lloran! Veo que ha calado en ustedes
la piedad. Son lágrimas generosas.
Almas frágiles, ¿por qué lloran si apenas han visto
la túnica de César desgarrada? ¡Miren esto!

*Retira
el manto.*

Acá lo tienen desfigurado, como ven, por los traidores.

PRIMER CIUDADANO   ¡Qué espectáculo terrible!

CUARTO CIUDADANO   ¡Noble César!

TERCER CIUDADANO   ¡Qué día aciago!

QUINTO CIUDADANO   ¡Traidores! ¡Villanos!

PRIMER CIUDADANO   ¡Un asco!

CUARTO CIUDADANO   ¡Queremos venganza!

CIUDADANOS   ¡Venganza! ¡A correr tras ellos! ¡Incendiemos! ¡Matemos! Que no quede un traidor vivo.

ANTONIO   Alto, compatriotas.

PRIMER CIUDADANO   ¡Quietos! Escuchemos al noble Antonio.

CUARTO CIUDADANO   Le oiremos, le seguiremos, ¡moriremos por él!

ANTONIO

Amigos míos, queridos amigos, no dejen que mis palabras
los conduzcan a un motín sangriento.
Los autores de este hecho son romanos honorables
cuyos agravios secretos, por desgracia, desconozco,
pues no estoy al tanto de sus razones. Juiciosos y honrados
como son, sin duda responderán por sus acciones.
No he venido, amigos, a conquistar pasiones.
No soy un gran orador, como lo es Bruto,
sino lo que todos saben: un hombre franco y sencillo
que amaba a su amigo. Y ellos lo saben muy bien;
por eso me permiten rendirle homenaje.
Porque no tengo ingenio, ni palabras, ni mérito,
y me faltan recursos, elocuencia y dicción
para agitar la sangre de los hombres,
solo puedo hablarles con llaneza.
No digo más que aquello que es bien sabido,
les muestro las heridas del buen César, pobres bocas mudas,
y ruego que ellas hablen por mí. Pero, si fuera yo Bruto,
y Bruto, Antonio, entonces este Antonio
podría estremecer los ánimos y dar
a cada herida de César una lengua, que alzara
hasta las piedras de Roma en rebelión.

CIUDADANOS   ¡Rebelión!

PRIMER CIUDADANO   ¡A quemar la casa de Bruto!

TERCER CIUDADANO   ¡En marcha! ¡A buscar a los conspiradores!

ANTONIO

Escuchen un poco más, compatriotas, aún tengo algo que decir.

CIUDADANOS    ¡Silencio! Oigamos al noble Antonio.

ANTONIO    ¿Por qué, amigos, marchan sin ton ni son?

¿Qué hizo César que justificara este fervor?

Eso, todavía no lo saben. Debo contarles entonces;

¿han olvidado ya que les hablé de un testamento?

CIUDADANOS    ¡Cierto! Quedémonos a oír el testamento.

ANTONIO    Acá pueden verlo; y, bajo el sello de César,

a cada ciudadano de Roma, a cada uno de ustedes,

le concede setenta y cinco dracmas.

CUARTO CIUDADANO    ¡Grandioso César! Vengaremos tu muerte.

TERCER CIUDADANO    ¡Espléndido César!

ANTONIO    Escúchenme con paciencia.

CIUDADANOS    ¡Silencio!

ANTONIO    Más aún, les deja todos sus paseos,

sus glorietas privadas, los huertos recién plantados

de este lado del Tíber. Les deja a perpetuidad

a ustedes y a sus herederos,

parques públicos para goce y diversión.

¡Este sí era un César! ¿Cuándo habrá otro igual?

PRIMER CIUDADANO    ¡Nunca, jamás! ¡Vamos!

Quemaremos su cuerpo en el lugar sagrado

y en las mismas llamas arderán las casas de los traidores.

Levanten el cadáver.

CUARTO CIUDADANO    ¡Traigan fuego!

TERCER CIUDADANO    ¡Hagamos leña de los bancos!

PRIMER CIUDADANO    ¡Asientos, ventanas, lo que sea!

*Salen los plebeyos
con el cuerpo de* CÉSAR.

**ANTONIO**

¡Y ahora, que sigan solos! Destrucción, ya estás en marcha;
toma el curso que prefieras.

*Entra el* SIRVIENTE
*de Octavio.*

¿Qué hay, hombre?

SIRVIENTE    Octavio ha llegado a Roma, señor.

ANTONIO    ¿Dónde está?

SIRVIENTE    Lépido y él están en la casa de César.

ANTONIO    Voy ahora mismo a visitarlo.

Llega como por deseo. La fortuna está contenta
y, en este humor, nos dará lo que pidamos.

SIRVIENTE    Le oí decir a Octavio que Bruto y Casio
cruzaron como locos las puertas de Roma.

ANTÓNIO    Seguro que han oído los planes del pueblo;
cómo los conmoví. Llévame donde Octavio.

*Salen.*

ESCENA III

*Entra el poeta* CINNA
*y, tras él,*
*los plebeyos.*

CINNA    Anoche soñé que estaba en un banquete junto a César,
y mi fantasía ve en esto un mal augurio.
Qué pocas ganas tengo de salir a las calles y,
sin embargo, aquí me encuentro.

PRIMER CIUDADANO    ¿Cómo te llamas?

SEGUNDO CIUDADANO   ¿Dónde crees que vas?

TERCER CIUDADANO   ¿Dónde vives?

CUARTO CIUDADANO   ¿Casado o solterón?

SEGUNDO CIUDADANO   Responde con claridad a cada uno.

PRIMER CIUDADANO   Y con precisión.

CUARTO CIUDADANO   Y prudencia.

TERCER CIUDADANO   Y sinceridad, más te vale.

CINNA   ¿Cómo me llamo? ¿Adónde voy? ¿Dónde vivo? ¿Casado o soltero? Pues para contestar a cada uno directa y precisamente, prudente y sinceramente, sabiamente diré: soy soltero.

SEGUNDO CIUDADANO   Eso es como decir que los que se casan son tontos. Te va a costar un trompazo, me temo. Sigue y habla sin rodeos.

CINNA   Sin rodeos, voy al funeral de César.

PRIMER CIUDADANO   ¿Como amigo o enemigo?

CINNA   Como amigo.

SEGUNDO CIUDADANO   Respondió directo a la pregunta.

CUARTO CIUDADANO   ¿Dónde vives? Sé breve.

CINNA   Brevemente, vivo en el Capitolio.

TERCER CIUDADANO   Tu nombre, señor, dí la verdad.

CINNA   Verdaderamente, me llamo Cinna.

PRIMER CIUDADANO   ¡A destrozarlo! Es un conspirador.

CINNA   ¡No! Soy Cinna el poeta. ¡Cinna, el poeta!

CUARTO CIUDADANO   ¡Descuartícenlo entonces por sus versos! ¡Son malísimos!

CINNA   No soy el de los conjurados, ese es otro Cinna.

CUARTO CIUDADANO   ¡Y qué importa! Se llama Cinna. Arránquenle el nombre del corazón y que se largue.

TERCER CIUDADANO   ¡Hagámosle pedazos!

*Se lanzan
sobre él.*

¡Vengan las teas y el fuego! ¡Vamos por Bruto y Casio! ¡A quemarlo todo! ¡Vamos unos a casa de Decio, otros a la de Casca, otros donde Ligario! ¡Por allá!

*Salen los plebeyos,
arrastrando a* CINNA.

# CUARTO ACTO

## ESCENA I

*Entran* ANTONIO,
OCTAVIO *y* LÉPIDO.

ANTONIO   Todos estos deben morir; sus nombre están marcados.

OCTAVIO   (*A* LÉPIDO)
Tu hermano también. ¿Estás de acuerdo, Lépido?

LÉPIDO   De acuerdo...

OCTAVIO                    Márcalo, Antonio.

LÉPIDO   A condición de que no se salve Publio,
el hijo de tu hermana, Marco Antonio.

ANTONIO   También morirá. Observa, con una cruz lo condeno.
Pero tú, Lépido, ve a casa de César.
Trae el testamento y veremos la forma
de ahorrar algunos costos en la herencia.

LÉPIDO   ¿Te encontraré acá?

OCTAVIO   Acá o en el Capitolio.

*Sale* LÉPIDO.

ANTONIO   Qué poco vale este tipo;

apenas sirve de mensajero. ¿Te parece justo
que al dividir el mundo en tercios sea él
uno de los llamados a compartirlo?

OCTAVIO                              Si tan mal le ves,
¿cómo aceptaste su opinión sobre quién deberá sufrir
la sentencia de muerte o destierro?

ANTONIO   He vivido más que tú, Octavio;
y si hoy gastamos honores en este hombre
para librarnos de tareas fatigosas,
él las llevará a cuestas como un burro carga el oro,
gimiendo y sudando en su faena,
tirado o guiado por nuestras riendas.
Pero una vez que nuestro tesoro llegue a puerto,
partirá despachado sin su carga
a sacudir las orejas, como un asno ocioso
y masticar la hierba de los montes.

OCTAVIO   Como quieras,
pero es un soldado valiente y leal.

ANTONIO   Tanto lo es mi caballo, Octavio, y por lo mismo
le doy una ración de pienso generosa.
Es una bestia a la que enseñé a pelear,
dar la vuelta, frenar, avanzar sin detenerse,
manejando sus movimientos con mi mente,
y en cierto modo Lépido no es tan distinto.
Hay que enseñarle, entrenarle, empujarle;
tiene una cabeza despoblada que se nutre
de estilos, pequeñeces y bagatelas
ya despreciados por el resto, pero que para él
son la última moda. No es más que un tonto útil.
Y ahora, Octavio, a cosas importantes:
Bruto y Casio están reclutando sus tropas.
Tenemos que adelantarnos.

Reforcemos, por consiguiente, nuestra alianza,
unamos a nuestros mejores amigos y,
con todos los recursos combinados,
resolvamos sin tardanza en un consejo
cómo desentrañar los planes encubiertos
y responder los peligros que nos acechan.

OCTAVIO  De acuerdo. Por ahora estamos en la trinchera,
y acorralados por muchos enemigos
que bajo amables sonrisas, me temo,
albergan las peores intenciones.

*Salen.*

## ESCENA II

*Tambores. Entran* BRUTO, LUCILIO *y el ejército.*
TITINIO *y* PÍNDARO *van a su encuentro.*

BRUTO  ¡Alto!

LUCILIO  Den la orden. ¡Alto!

BRUTO  ¿Qué pasa, Lucilio? ¿Casio está cerca?

LUCILIO  Está por llegar, y Píndaro ha venido
a traerte el saludo de su señor.

BRUTO  Un digno enviado. Tu señor, Píndaro,
sea por idea propia, o de sus ineptos oficiales,
me ha hecho desear, con buen motivo,
no haber hecho lo que hice. Pero
si ya se acerca, me daré por satisfecho.

PÍNDARO  Descuida,
que mi noble señor se mostrará
digno de honor y de respeto, como siempre.

BRUTO　Sobre él no hay dudas.

*Aparte.*

　　　　　　　　Dime, Lucilio.
¿Qué tal te recibió? Más me vale saberlo.

LUCILIO　¿Cómo me recibió? Como es debido,
con respeto y cortesía. Pero eché de menos
el trato fraternal, esa charla abierta y amistosa,
que antes me dedicaba.

BRUTO　　　　　　　Ese es el retrato
de una ardiente amistad camino al hielo.
¿Has notado, Lucilio, cómo siempre
que el afecto enfermo empieza a decaer
se esconde en forzada gentileza?
Donde hay buena fe no caben las reverencias.
Pero los hipócritas son como caballos de corto tiro:
hacen despliegue y promesas de bravura,

*Marcha de
tropas a distancia.*

hasta que sienten picar la espuela
y entonces, como mulas, bajan la cabeza sin brío,
vencidos en la prueba. ¿Avanzan algo sus tropas?

LUCILIO　Planean acampar esta noche en Sardis.
El grueso del ejército y la caballería
vienen con Casio.

BRUTO　　　　　　Escucha. Ha llegado.

*Entra* CASIO
*con sus tropas.*

Marcha despacio a su encuentro.

CASIO　¡Alto!

BRUTO   ¡Alto! Pasa la orden.

PRIMER SOLDADO   ¡Alto!

SEGUNDO SOLDADO   ¡Alto!

TERCER SOLDADO   ¡Alto!

CASIO   Nobilísimo hermano, has sido injusto conmigo.

BRUTO

¡Que los dioses me juzguen! ¿Soy acaso injusto con mis enemigos?
Y si no lo soy, ¿por qué habría de serlo con mi hermano?

CASIO   Bruto, tu compostura esconde ofensas
y cuando salen a relucir...

BRUTO                                   Serénate, Casio.
Haz tus reclamos en voz baja, mira que te conozco bien.
No discutamos ante los ojos de la tropa,
que no debería ver sino mutuo aprecio.
Pídeles que se alejen. Una vez que estemos en mi tienda,
puedes dar rienda suelta a tus protestas, Casio,
y yo prestaré oídos.

CASIO                        Píndaro,
ordena a nuestros comandantes que dispersen
la tropa en los alrededores.

BRUTO   Lo mismo vale para ti, Lucilio, y que nadie
entre a nuestra tienda hasta que haya terminado la entrevista.
Que Lucio y Titinio monten guardia en la puerta.

*Salen todos*
*salvo* BRUTO *y* CASIO.

CASIO   Me has ofendido, sí. Y se nota en esto:
condenaste y difamaste a Lucio Pela
por aceptar sobornos de los saridinios.
Y cuando en mis cartas, supliqué en su favor,
porque conozco al hombre, hiciste caso omiso de mis ruegos.

BRUTO   En tal caso, te ofendiste a ti mismo al escribirlas.

CASIO   En tiempos como este no es prudente
que cada mísero delito sufra un castigo.

BRUTO   Déjame que te diga, Casio, que ni tú mismo
eres tan firme de mano o impoluto,
para negarte a vender altos cargos
a unos ineptos por un puñado de oro.

CASIO   ¡Corrupto, yo!
Si no fueras tú, Bruto, el que ha dicho esas palabras,
¡créanme, dioses!, serían las últimas que te oyera.

BRUTO   El nombre de Casio dignifica esa corrupción
y, por tanto, el castigo esconde su cabeza.

CASIO   ¿Castigo?

BRUTO   Acuérdate de marzo, Casio. Los idus de marzo.
¿No sangró el gran Julio por bien de la justicia?
¿Qué villano tocó su cuerpo y lo acuchilló,
si no por la justicia? Tras derribar al hombre
más digno de este mundo, solo porque amparaba ladrones,
¿podrá alguno de nosotros, siquiera uno,
ensuciarse los dedos con viles sobornos,
y vender el supremo dominio de altos cargos
por la basura que cabe en esta mano?
Preferiría ser un perro que aúlla a la luna
que contarme entre esa especie de romanos.

CASIO   Bruto, no me tientes,
que no lo aguantaré. Te olvidas de lo que eres
al ponerme límites. Aquí me tienes, un soldado,
bastante más antiguo y capaz
de imponer condiciones.

BRUTO   ¡Desde cuándo! No lo eres, Casio.

CASIO   Lo soy.

BRUTO   A mi entender no.

CASIO   No me azuces, que no respondo.

Cuida mejor tu salud. No me tientes.

BRUTO   ¡Lárgate, escoria!

CASIO   ¿Será posible?

BRUTO   Escúchame, que voy a hablar.

¿He de tolerar tu tosca cólera?

¿Debo bajar la mirada solo porque grita un loco?

CASIO   ¡Santos dioses! ¿Debo soportar todo esto?

BRUTO   ¡Esto y mucho más!

Enfurece hasta el filo de tu soberbia,

ve y muestra a tus esclavos lo fiero que puedes ser,

haz que tus siervos tiemblen. Pero ¿debo yo retroceder,

hacer acto de contemplación, morderme los labios,

porque Casio está de mal humor? Por el cielo

que digerirás el veneno de tu bilis

aunque que te parta en dos. Desde hoy

te tomaré como bufón, Casio; me reiré de ti

cuando andes de malas pulgas.

CASIO                                    ¿A esto hemos llegado?

BRUTO   Dices ser mejor soldado que yo.

Demuéstralo; pon en práctica tus amenazas

y estaré satisfecho. Por mi parte,

me alegraría aprender de hombres más dignos.

CASIO   Bruto, eres injusto conmigo en todo.

Dije que era soldado más antiguo, no mejor.

A ver, ¿dije «mejor»?

BRUTO                        Si lo dijiste, tanto importa.

CASIO   Ni César, cuando vivía, me habría tratado así.

BRUTO   Calla, calla. Tampoco tú te atrevías a provocarlo.

CASIO   ¿Que no me atrevía?

BRUTO   No.

CASIO     ¿Cómo dices?

BRUTO                    Por tu vida, que no te atrevías.

CASIO     No abuses tanto de mi afecto,
que puedo hacer algo que luego me pese...

BRUTO     Ya tienes de qué arrepentirte.
Porque estoy bien defendido en mi honradez,
tus amenazas no me asustan, Casio;
apenas me rozan como una brisa,
sin alterarme. Tuve que pedirte
cierta suma de oro que me negaste,
pues yo soy incapaz de proveerme fondos
por medios indecorosos. ¡Santo cielo! Empeñaría el corazón
y sacaría dracmas de mi sangre, antes que extorsionar
a los aldeanos y exprimirles las manos
para robar una miseria. Te envié un mensaje
pidiendo oro para pagar mis legiones,
y me lo negaste. ¿Fue un acto digno de ti?
¿Habría hecho yo tal cosa a Cayo Casio?
Cuando Marco Bruto se vuelva tan codicioso,
que niegue una limosna a sus amigos,
¡preparen, dioses, sus rayos
para deshacer este cuerpo en mil pedazos!

CASIO     No te lo negué.

BRUTO                    Claro que sí.

CASIO     Te digo que no. Fue un imbécil
quien te llevó la respuesta. Bruto ha roto mi alma.
Si es deber de lealtad soportar las flaquezas de un amigo,
Bruto exagera la medida de las mías.

BRUTO     No, hasta que las ejercitas sobre mí.

CASIO     No me aprecias.

BRUTO                    No aprecio tus faltas.

CASIO     El ojo de un amigo no las vería nunca.

BRUTO    No las vería un ojo adulador, así fueran
         enormes como el alto Olimpo.

CASIO    Vengan Antonio y joven Octavio. Vengan ya.
         Tomen revancha solo en Casio
         porque Casio está hastiado del mundo:
         odiado por uno a quien ama; desafiado por su hermano;
         regañado como un esclavo; cada falta suya en la mira,
         apuntada, aprendida y repetida de memoria
         para echársela en cara. ¡Ah, llanto,
         si pudiera escupir el alma por los ojos! He aquí mi puñal,
         he aquí mi pecho desnudo, y dentro un corazón
         más rico que las minas de Plutón, más valioso que el oro.
         Si eres romano, ¡tómalo!
         Te lo doy yo, que según dices te negué el oro.
         Hiere, como heriste a César; pues yo sé
         que aun cuando más le odiabas, le amabas más
         de lo que jamás querrás a Casio.

BRUTO                                    Envaina esa daga.
         Enójate cuanto te plazca, no te lo impido.
         Haz lo que quieras; llamemos arrebato a la deshonra.
         ¡Oh, Casio! Vas unido a un cordero
         que lleva su furia como la piedra el fuego:
         a punta de golpes, suelta una chispa fugaz
         y queda fría antes de ver la llama.

CASIO                                    ¿Ha vivido Casio
         para ser pasatiempo y bufón de su Bruto,
         cuando lo atormentan la angustia y la cólera?

BRUTO    Cuando dije eso, la furia también hablaba por mí.

CASIO    ¿Lo admites? ¡Dame tu mano!

BRUTO    Y el corazón.

CASIO              ¡Oh, Bruto!

BRUTO                        ¿Qué pasa ahora?

CASIO    ¿No me quieres lo bastante para soportar
         este humor tosco que me legó mi madre
         y me lleva, a veces, a olvidarlo todo?

BRUTO                                    Sí, Casio.

         De ahora en más, cada vez que te sobreactúes con tu Bruto,
         pensaré que quien me fastidia es tu madre, y te dejaré en paz.

*Entra un* POETA
*peleando con*
LUCILIO *y* TITINIO;
*los sigue* LUCIO.


POETA    ¡Dejen que entre a ver a los generales!
         Hay recelo entre ellos y no conviene
         que estén solos.

LUCILIO   No puedes entrar, te digo.

POETA    Nada sino la muerte podrá impedirlo.

CASIO    ¿Qué pasa? ¿Algún problema?

POETA    ¡Qué vergüenza, generales! ¿Qué pretenden?
         Hagan las paces, como debe ser,
         pues yo he vivido mucho, y algo he de saber.

CASIO    ¡Puf! ¡Qué rima espantosa la de este vago!

BRUTO    ¡Lárgate, descarado! ¡Fuera de aquí!

CASIO    Ten paciencia, Bruto, que es su estilo.

BRUTO    Apreciaré su estilo cuando venga a cuento.
         ¿Pero qué hacen en medio de la guerra
         estos bufones de la rima? ¡Fuera, hombre!

CASIO    ¡Largo! ¡Te fuiste!

*Sale*
*el* POETA.


BRUTO    Lucilio y Titinio, avisen a los comandantes
         que acampen las tropas por la noche.

CASIO   Y luego vuelvan acá, y traigan a Mesala
ante nosotros.

*Salen*
LUCILIO *y* TITINIO.

BRUTO               Una jarra de vino, Lucio.

*Sale*
LUCIO.

CASIO   Jamás pensé que te vería tan enojado.

BRUTO   ¡Ah, Casio! Son muchas mis desgracias.

CASIO   Busca otra filosofía, entonces,
si esta no te ayuda ante la desgracia.

BRUTO   Nadie cargaría el dolor mejor que yo. Porcia ha muerto.

CASIO   ¿Qué dices? ¡Porcia!

BRUTO   Ha muerto.

CASIO   ¿Cómo no me mataste cuándo te irrité?
¿Habrá pérdida más áspera e insoportable que la tuya?
¿De qué murió?

BRUTO               Incapaz de soportar mi ausencia,
y afligida porque Octavio y Antonio unieron fuerzas,
(pues esta noticia me llegó junto a la de su muerte)
con todo junto perdió la razón y,
no estando con sus criadas, tragó brasas.

CASIO   ¿Y así murió?

BRUTO               Así.

CASIO               ¡Dioses inmortales!

*Entra* LUCIO
*con vino y velas.*

BRUTO   No hablemos más de ella. Dame una jarra de vino,
Casio, donde ahogar nuestra discordia.

*Bebe.*

CASIO   Sedienta está mi alma por este noble brindis.
Llena los vasos, Lucio, hasta que desborden.
De tu amor, Bruto, nunca tendré bastante.

*Bebe.*
*Sale* LUCIO.
*Entran* TITINIO *y* MESALA.

BRUTO   Entra, Titinio. Bienvenido, querido Mesala.
Siéntense, acá, junto a la luz de vela,
y discutamos nuestras urgencias.

CASIO   (*Aparte.*) Porcia, ¿te has ido?

BRUTO   (*Aparte a* CASIO.) Ya basta, te lo ruego.
Mesala, según cartas que he recibido,
el joven Octavio y Marco Antonio avanzan
con fuerzas poderosas en nuestra contra
y dirigen su expedición a Filipo.

MESALA   Yo tengo mensajes de igual tenor.

BRUTO   ¿Y algo más?

MESALA   Sí. Que por proscripción o por decretarlos ilícitos
Octavio, Antonio y Lépido
han dado muerte a cien senadores.

BRUTO   En ese punto nuestros mensajes no coinciden.
Según los míos, solo setenta senadores han muerto
por proscripción, Cicerón entre ellos.

CASIO   ¡Cicerón!

MESALA             Sí, ha muerto,
proscrito por la misma orden.
Señor, ¿has recibido carta de tu esposa?

BRUTO   No, Mesala.

MESALA   ¿Y no te han dicho nada de ella?

BRUTO   Nada.

MESALA        Me parece raro.

BRUTO    ¿Por qué preguntas? ¿Has recibido, tú, noticias suyas?

MESALA    No, señor.

BRUTO    Anda, dime la verdad como buen romano.

MESALA    Y tú como romano soporta entonces la verdad.
       Pues sin duda ha muerto, y de extraña manera.

BRUTO    Adiós, entonces, Porcia. Tenemos que morir, Mesala.
       Saber que alguna vez ella habría de morir
       me da valor para sobrellevar la pérdida.

MESALA    Ni los grandes hombres se libran de grandes dolores.

CASIO    En teoría, sé eso tan bien como tú,
       pero poco consuela esto a mi carácter.

BRUTO    Bien, cumplamos nuestro deber hacia los vivos.
       ¿Qué les parece marchar a Filipo de inmediato?

CASIO    No lo creo conveniente.

BRUTO                         ¿Por qué razón?

CASIO                                    Por esta:
       Es mejor que el enemigo nos busque;
       que consuma sus medios y se agote
       a costa de sus propias filas; mientras nosotros,
       sin movernos, acumulamos reposo,
       presteza y capacidad defensiva.

BRUTO    Toda buena razón se somete a una mejor.
       Entre Filipo y esta región, los pueblos
       se mantienen de nuestro lado a la fuerza
       y entregan su tributo de mala gana.
       Cuando el enemigo marche sobre ellos
       engrosará su ejército con gente fresca,
       recién unida a sus filas, llena de bríos;
       ventaja que evitaríamos
       dejando atrás a esta región adversa
       para salirles al encuentro en Filipo.

CASIO    Escucha, hermano mío...

BRUTO    Si me permites... Debes también notar
que nuestra gente se ha dado por entero;
nuestras legiones son fuertes, nuestra causa está madura.
El enemigo aumenta día a día. Para nosotros,
en nuestra cima, solo se anuncia el declive.
En los asuntos humanos hay una marea
que, tomada a favor, trae ventura.
Déjala pasar, y el viaje de la vida
va de infortunio en infortunio. Flotamos ahora en pleamar:
aprovechemos la corriente cuando empuja,
o demos nuestra empresa por perdida.

CASIO    Entonces será como dices. ¡Adelante!
Iremos hacia su encuentro en Filipo.

BRUTO    Mientras discutíamos, ha caído la noche.
Dócil ante la necesidad, la naturaleza
nos concede un pequeño reposo.
¿Nada más que hablar?

CASIO                          Nada. Buenas noches.
A primera hora estaremos de pie y en marcha.

BRUTO    ¡Lucio!

*Entra*
LUCIO.

Mi capa.

*Sale*
LUCIO.

Adiós, querido Mesala.
Buenas noches, Titinio. Noble, mi noble Casio,
buenas noches para ti, y que descanses.

CASIO    Ah, querido hermano,

¡qué mal inicio el de esta noche!
Jamás nuestras almas estuvieron
tan separadas. ¡No lo permitamos, Bruto!

*Entra* LUCIO
*con la capa.*

BRUTO   Todo está bien.
CASIO   Buenas noches, mi señor.
BRUTO                          Buenas noches, querido hermano.
TITINIO Y MESALA   Buenas noches, señor.
BRUTO                                    De ustedes me despido.

*Salen* CASIO,
TITINIO *y* MESALA.

Dame la capa. ¿Dónde está tu instrumento?
LUCIO   Acá, en la tienda.
BRUTO                          ¿Qué? ¡Ya adormilado?
¡Pobre crío! ¿Cómo culparte? Estarás rendido.
Llama a Claudio y a algunos de mis hombres
para que duerman sobre cojines en mi tienda.
LUCIO   ¡Varrón! ¡Claudio!

*Entran*
VARRÓN *y* CLAUDIO.

VARRÓN   ¿Nos llamabas, señor?
BRUTO   Les ruego, señores, que se queden a dormir a mi lado.
Puede que los moleste enseguida
para enviar un mensaje a mi cuñado Casio.
VARRÓN   Si lo prefieres, esperaremos tus órdenes despiertos.
BRUTO   Ni pensarlo. Descansen, amigos míos,
antes que cambie de idea.

Mira, Lucio, acá esta el libro que tanto buscaba;
lo puse en el bolsillo de mi capa.

LUCIO    ¿Ve, su señoría, que no me lo había dado?

BRUTO    Sé paciente, muchacho, con mis olvidos.

¿Puedes mantener abiertos esos párpados cansados
y tocar una tonada o dos en tu laúd?

LUCIO    Si eso place a mi señor.

BRUTO                                    Me place, Lucio.

Harto trabajo te doy, pero lo haces con gusto.

LUCIO    Es mi deber, señor.

BRUTO    Pasada esta noche no te exigiré más de lo debido.

Sé que la juventud pide un poco de descanso.

LUCIO    Ya dormí lo mío, señor.

BRUTO    Buena cosa, y luego volverás a dormir;
no te retendré por mucho tiempo. Si vivo
prometo ser justo contigo.

*Música y una canción.*
LUCIO *se duerme.*

¡Qué canción letárgica! ¡Ah, sueño asesino!
¿Dejas caer tu maza de plomo sobre mi muchacho
cuando canta en tu honor? Buenas noches, dulce crío,
no te fastidiaré despertándote de nuevo.
Pero si cabeceas puedes romper el laúd;
mejor te lo quito. Buenas noches, niño querido.
A ver... A ver... ¿No había yo doblado la página
donde dejé la lectura? Aquí estaba, creo...

*Aparece*
*el* FANTASMA *de César.*

¡Qué poco arde esta vela! ¿Ah? ¿Quién viene?
Supongo que es la fatiga de mis ojos
que dibuja esta aparición monstruosa.
¡Se me acerca! ¿Eres algo, alguna cosa?
¿Eres dios, ángel o demonio
que la piel eriza y la sangre hiela?
Dime, qué eres.

FANTASMA   Soy tu espíritu del mal, Bruto.

BRUTO   ¿Y a qué vienes?

FANTASMA   A anunciarte que me verás en Filipo.

BRUTO   Bueno, ¿entonces te veré de nuevo?

FANTASMA   Sí, en Filipo.

BRUTO   Sea. Allí nos encontraremos.

*Sale el* FANTASMA.

Ahora que me recobro te desvaneces.
Malvado espíritu, ¿no podíamos hablar un poco más?
¡Muchacho! ¡Lucio! ¡Varrón! ¡Claudio! ¡Despierten, señores!
¡Claudio!

LUCIO         Las cuerdas están desafinadas, señor.

BRUTO   Este cree que sigue tocando.
¡Despierta, Lucio!

LUCIO                  ¿Señor mío?

BRUTO   ¿Estabas soñando, acaso, que diste un grito?

LUCIO   Que yo sepa, señor, no he gritado.

BRUTO   Pues lo hiciste. ¿Has visto algo?

LUCIO                              Nada, señor.

BRUTO   Duérmete de nuevo, Lucio. ¡Arriba, Claudio!

*A* VARRÓN.

¡Despierta, compañero!

VARRÓN                    ¿Mi señor?

CLAUDIO                        ¿Mi señor?

BRUTO   Díganme, ¿por qué gritaban en sueños?

VARRÓN Y CLAUDIO   ¿Gritábamos, señor?

BRUTO                        Sí. ¿Vieron algo?

VARRÓN   No, señor, yo no vi nada.

CLAUDIO   Tampoco yo, mi señor.

BRUTO   Vayan, y saluden en mi nombre a mi hermano Casio.

Díganle que avance con sus tropas cuanto antes,

y que nosotros le seguiremos.

VARRÓN Y CLAUDIO              Así se hará, señor.

*Salen.*

# QUINTO ACTO

## ESCENA I

*Entran* OCTAVIO, ANTONIO
*y su ejército.*

OCTAVIO   Ahora, Antonio, se cumple nuestro deseo.
Dijiste que el enemigo esperaría,
escondido en los cerros y las cumbres más altas.
Demostrado está que no es el caso. Sus tropas bajan.
Quieren desafiarnos en Filipo
para responder a un ataque que aún no empieza.
ANTONIO   ¡Bah! Conozco sus secretos, y sé
por qué lo hacen. Más contentos estarían
en otros lugares. Si montan esta bravata y bajan,
con tembloroso valor, es para
convencernos de su coraje,
que, en verdad, no es tanto.

*Entra*
*un* MENSAJERO.

MENSAJERO   Prepárense, generales:

el enemigo avanza con despliegue imponente.
Ha enarbolado su estandarte sangriento
y hay que hacer algo de inmediato.

ANTONIO    Octavio, mueve despacio tus tropas
hacia la izquierda del terreno llano.

OCTAVIO    A la derecha, mejor. Quédate tú con la izquierda.

ANTONIO    ¿Por qué me contradices en este trance?

OCTAVIO    No te contradigo; pero haré lo dicho.

*Tambores en son de marcha.*
*Entran* BRUTO, CASIO *y sus ejércitos,*
*junto con* LUCILIO,
TITINIO *y* MESALA.


BRUTO    Se han detenido y quieren parlamentar.

CASIO    ¡Firmes, Titinio! Debemos salir a conferenciar.

OCTAVIO    Marco Antonio, ¿damos señal de combate?

ANTONIO    No ahora, César. Responderemos a su ataque
adelantando. Los generales quieren dialogar un rato.

OCTAVIO    No se muevan hasta la señal.

BRUTO    Palabras antes que golpes. ¿De acuerdo, compatriotas?

OCTAVIO    No todos preferimos las palabras como tú.

BRUTO    Más vale una palabra justa que un golpe bajo, Octavio.

ANTONIO

Cuando tú golpeas bajo, Bruto, no ahorras palabras dulces.
Mira el forado que hiciste en el corazón de César,
mientras gritabas «¡Salve César! ¡Larga vida!»

CASIO                                                    Antonio,
la calidad de tus golpes es todavía un misterio,
pero tu elocuencia deja a las abejas de Hibla
sin su mejor miel.

ANTONIO                      Pero no sin aguijón.

BRUTO   Claro que sí. ¡Sin aguijón y también sin ruido!
Les has robado el zumbido, Antonio,
y astutamente amenazas antes de picar.

ANTONIO
¡Miserables! No lo hicieron ustedes cuando sus sucios puñales
se enredaron uno y otro en el costado de César.
Sonrisas de monos, colas de perros mansos,
inclinados como siervos, besando su augusto pie,
mientras atrás, ese maldito lebrel de Casca
mordía a César en el cuello. ¡Ah, aduladores!

CASIO   ¿Aduladores? ¡Felicítate, Bruto!
Esta lengua no nos ofendería ahora
si hubiera prevalecido la opinión de Casio.

OCTAVIO   Vamos, vamos, a lo nuestro. Si apenas discutir
los acalora, la batalla transformará en sangre
cada gota de sudor. Miren,
levanto mi espada contra los conjurados.
¿Cuándo creen ustedes que volveré a envainarla?
Nunca, mientras las treinta y tres heridas de César
no hayan sido vengadas o mientras no se sume
la sangre del nuevo César al acero mortal de los traidores.

BRUTO   Tú no morirás a manos de traidores, César.
Como no sean los que has traído contigo.

OCTAVIO                                   Eso espero.
No nací para morir bajo la espada de Bruto.

BRUTO   Jovencito, ni siendo el más noble de tu linaje
podrías pedir muerte más honrosa.

CASIO   ¡Un colegial imberbe, indigno de tanta gloria,
asociado a un farsante y a un vividor!

ANTONIO   ¡Calla ya, viejo Casio!

OCTAVIO                      ¡Basta! ¡Vamos, Antonio!
Lanzamos el reto, traidores, a su propia cara.

Salgan al campo hoy, si se atreven.
Si no, cuando tengan agallas.

*Salen* OCTAVIO, ANTONIO *y su ejército.*

CASIO    Bien. ¡Que sople el viento, se inflame el mar,
y partan las naves! Hay tormenta y el azar dirá.

BRUTO    Eh, Lucilio, una palabra.

LUCILIO    (*Acercándose.*)          ¿Mi señor?

BRUTO *y* LUCILIO
*hablan aparte.*

CASIO    Mesala.

MESALA    (*Acercándose.*) ¿Qué dice, mi general?

CASIO                                        Mesala,
hoy es mi cumpleaños; en este día preciso
nació Casio. Dame tu mano, Mesala.
Sé testigo de que, contra mi voluntad
(como ocurrió a Pompeyo), tengo que arriesgar
toda nuestra libertad en una sola batalla.
Tú bien sabes que concuerdo con Epicúreo
y su doctrina. Ahora he cambiado de opinión,
y creo, en parte, que existen los presagios.
Viniendo de Sardis, dos águilas formidables
se posaron en nuestros estandartes de vanguardia,
y, comiendo voraces de la palma de los soldados,
nos escoltaron hasta Filipo.
Esta mañana emprendieron vuelo y en su lugar
vi volar cuervos, buitres y aves de carroña,
sobre nuestras cabezas y, desde la altura,
nos miraban como a presas moribundas.
Bóveda siniestra, la de sus sombras, bajo la cual
nuestro ejército descansa, listo para entregar el alma.

MESALA   No creas eso.

CASIO                    Solo en parte lo creo;
mi espíritu se mantiene abierto y decidido
a hacer frente a todos los riesgos.

BRUTO   Aunque así fuera, Lucilio.

*Vuelve*
*a* CASIO.

CASIO   Bien, nobilísimo amigo.
Que los dioses de hoy nos sean favorables, para que
la vejez nos sorprenda unidos en la paz.
Mas, puesto que la suerte humana es siempre incierta,
supongamos que ocurriera lo peor.
Si perdemos esta batalla, esta será
la última vez que hable contigo, Bruto.
¿Has decidido qué harás en ese caso?

BRUTO   Seguiré el dictado de aquella filosofía
por la cual culpé a Catón de infligirse
su propia muerte... No sé muy bien por qué,
pero creo bajo y cobarde acortar
el tiempo de esta vida. Me armaré de entereza
para aceptar la providencia de los altos poderes
que gobiernan los destinos.

CASIO                              Entonces, si nos toca la derrota,
¿dejarás que te paseen por las calles de Roma
como un botín de guerra?

BRUTO   No, Casio, no. Da por descontado, noble romano,
que Bruto nunca irá a Roma en cadenas.
Le sobra grandeza de alma. Pero este mismo día
concluirá lo que empezó en los idus de marzo,
y si hemos de vernos de nuevo, no lo sé.
Démonos, por tanto, un adiós imperecedero.

¡Por siempre y hasta siempre, Casio!
Si nos encontramos otra vez, será en la dicha.
Si no, habremos hecho bien en despedirnos.

CASIO   ¡Por siempre y hasta siempre, Bruto! ¡Adiós!
Si volvemos a encontrarnos, sin duda, será en la dicha.
Si no, bien habremos hecho en despedirnos.

BRUTO   De acuerdo. ¡Avancemos ya! ¡Quién puede anticipar
lo que traerá el final de este día! Baste con saber
que el día acabará y se conocerá el final. ¡En marcha!

*Salen.*

ESCENA II

*Ruido de combate.*
*Entran* BRUTO *y* MESALA.

BRUTO   Deprisa, Mesala, galopa y lleva estas órdenes
a las legiones del otro flanco.

*Ruido de combate más intenso.*

Que se lancen de una vez, pues creo ver
poco entusiasmo en el ala de Octavio,
y un embate súbito puede derribarlos.
¡Galopa, Mesala, galopa! ¡Que bajen todos!

*Salen.*

## ESCENA III

*Ruido de combate.*
*Entran* CASIO *y* TITINIO.

CASIO ¡Mira, Titinio! ¡Mira cómo huyen los gallinas!
Me he vuelto enemigo de mis propios hombres.
Este portaestandarte retrocedía;
maté al cobarde, y tomé su insignia.

TITINIO ¡Ay, Casio! Bruto dio la orden antes de tiempo.
Tenía cierta ventaja sobre Octavio
pero lo tomó muy a pecho. Sus soldados ya se dan al saqueo,
mientras nosotros aún estamos bajo el cerco de Antonio.

*Entra* PÍNDARO.

PÍNDARO ¡Huye, señor mío, aléjate enseguida!
Marco Antonio está en tus tiendas, mi señor.
¡Vuela, noble Casio! ¡Ponte a salvo!

CASIO Bastante lejos estamos en el cerro. Mira, mira, Titinio,
¿no son mis tiendas aquellas que arden?

TITINIO Lo son, mi señor.

CASIO                                Si en algo me aprecias, Titinio
monta mi caballo y clávale las espuelas,
hasta que hayas alcanzado a esas tropas.
Luego vuelve a decirme con certeza
si son amigas o enemigas.

TITINIO Regresaré antes que lo pienses.

*Sale.*

CASIO Tú, Píndaro, ve a aquel cerro más arriba,
que siempre he sido corto de vista. Observa a Titinio
y dime lo que veas en el campo de batalla.

PÍNDARO
*sube.*

Un día como hoy tuve mi primer aliento; el tiempo ha dado la
[vuelta

y, donde comencé, termino;
mi vida cierra el círculo. (*A* PÍNDARO.) ¿Qué noticias hay?

PÍNDARO    (*Desde arriba.*) Titinio está rodeado de jinetes
que se le acercan a galope tendido, no obstante
avanza... Ahora casi le han dado alcance.
¡Valor, Titinio! Algunos desmontan. ¡Él hace lo mismo!
¡Está perdido!

*Gritos.*

¿Oyes? ¡Gritan de alegría!

CASIO    Baja, no mires más.

*Sale* PÍNDARO *por arriba.*

¿Qué clase de cobarde vive para ver
a su mejor amigo encadenado?

*Entra*
PÍNDARO.

Tú, ven acá.
En Parsia te tomé prisionero
y, al perdonarte la vida juraste
que aquello que te ordenase, lo cumplirías.
Ahora te recuerdo esa promesa.
¡Sé libre! Con la recia espada
que atravesó la entraña de César, abre este pecho.
No discutas. Aquí, coge la empuñadura
y, cuando haya cubierto mi rostro,
guía la hoja.

*le clava la espada.*

César, te ha vengado
la misma espada que te dio muerte.

*Muere.*

PÍNDARO   Soy libre, pues; mas no lo sería
de haber tenido el valor de negarme. ¡Oh, Casio!
Píndaro correrá tan lejos de este tierra,
que ningún romano volverá a saber de él.

*Sale.*
*Entran* TITINIO, *coronado con un laurel,*
*y* MESALA.

MESALA   Es solo un trueque, Titinio. Las tropas
del noble Bruto han vencido a Octavio,
mientras las legiones de Casio caían frente a Antonio.

TITINIO   La noticia será un consuelo para Casio.

MESALA   ¿Dónde lo dejaste?

TITINIO                          Estaba desconsolado en este cerro,
junto a Píndaro, su esclavo.

MESALA   ¿No es ese que está allí en el suelo?

TITINIO   No yace como los vivos. ¡Ay, alma mía!

MESALA   ¿Es aquel?

TITINIO              No, Mesala. Era aquel.
De Casio ya nada queda. Sol del crepúsculo,
como tus rojos rayos te hunden en la noche,
en su sangre acaba el día para Casio.
¡Se ha puesto el sol de Roma! Es el fin de nuestro día.
¡Nubes, escarcha, tinieblas, vengan todas!
Todo ha acabado. La causa fue su temor a mi suerte.

MESALA   Temor a la buena suerte; esa fue la causa.

Odioso Error, hijo de la Melancolía,
¿por qué confundes el entendimiento
humano con sombras impalpables? Ah, Error,
tan deprisa concebido; no ves nunca la luz,
porque matas a la madre que te engendra.

TITINIO    ¡Píndaro! ¿Dónde estás, Píndaro?

MESALA    Búscale, Titinio, mientras yo voy
al encuentro del noble Bruto para clavar
mi informe en sus oídos. Clavar, digo,
porque ni el punzante acero, ni flechas venenosas
podrían herirle más que esta noticia.

TITINIO                                        Ve tú; Mesala,
yo en tanto buscaré a Píndaro.

*Sale*
MESALA.

¿Por qué tenías que enviarme, valiente Casio?
¿No alcancé a tus amigos, no pusieron en mi frente
esta guirnalda de la victoria, rogándome que la hiciera tuya?
¿No escuchaste sus gritos? Pero, ay desgracia,
interpretaste mal los signos. Ten, toma esta guirnalda;
tu querido Bruto me pidió que te la diera, y yo
cumpliré el mandato. Bruto, ven pronto
y mira cómo supe respetar a Cayo Casio.
Con el perdón de los dioses; este es un acto de romanos.
¡Ven, espada de Casio! ¡Aquí está mi corazón!

*Se clava la espada y muere.*
*Ruido de combate.*
*Entran* BRUTO, MESALA *el joven,* CATÓN,
ESTRATÓN, VOLUMNIO, LUCILIO,
*Labeo y Flavio.*

BRUTO    ¿Dónde, Mesala, dónde yace su cuerpo?

MESALA   Allá. Y Titinio está velándolo.

BRUTO   Titinio está boca arriba.

CATÓN                              Está muerto.

BRUTO   ¡Ah, Julio César! ¡Aún eres poderoso!
Tu espíritu ronda la tierra volviendo la espada
contra nuestra propia entraña.

*Ruidos apagados.*

CATÓN                              ¡Valiente Titinio!
Vean cómo coronó a Casio ya muerto.

BRUTO   ¿Quedarán dos romanos como estos?
Adiós para ti, último de los romanos.
Roma nunca volverá a producir un hombre
semejante. Señores, debo más lágrimas
a este amigo muerto que las que me verán pagar.
Me haré tiempo, Casio, me haré tiempo.
Pero ahora vamos, que envíen su cuerpo a Tasos.
El funeral no puede hacerse en nuestro campo,
pues caería la moral. Ven, Lucilio,
ven, joven Catón; volvamos al frente.
Labeo y Flavio, dispongan los batallones.

Son las tres; antes que caiga la noche, romanos,
probaremos suerte en un nuevo combate.

*Salen llevando los cuerpos.*

## ESCENA IV

*Ruido de combate. Entran peleando soldados
de ambos frentes; luego* BRUTO, MESALA, *el joven* CATÓN,
LUCILIO *y* FLAVIO.

BRUTO    Resistan compatriotas, ¡la frente en alto!

*Sale combatiendo, seguido
por* MESALA *y* FLAVIO.

CATÓN    ¿Y qué bastardo no lo haría? ¿Quién me sigue?
Proclamaré mi nombre en todo el campo.
¡Soy el hijo de Marco Catón,
terror de los tiranos y amigo de mi patria!
Soy el hijo de Marco Catón, ¡ahí tienen!

*Entran más soldados y luchan.*

LUCILIO    ¡Y yo soy Bruto, Marco Bruto!
Bruto, amigo de mi patria. ¡Sepan que soy Bruto!

*Matan
a* CATÓN.

¡Joven y noble Catón! ¿Has caído?
Bien, has muerto con tanto valor como Titinio
y como hijo de Catón debes ser honrado.

*Capturan
a* LUCILIO.

PRIMER SOLDADO    ¡Ríndete o estás muerto!
LUCILIO    Solo me rendiré para morir.

*Ofreciendo dinero.*

Aquí tienen; hay de sobra para que me maten de una vez.
Asesinen a Bruto, y cúbranse de gloria con su muerte.

PRIMER SOLDADO   No podemos. ¡Es un prisionero noble!

SEGUNDO SOLDADO   ¡Paso! Avisen a Antonio que hemos capturado a
Bruto.

PRIMER SOLDADO   Llevaré la noticia.

*Entra*
ANTONIO.

Acá viene el general. ¡Bruto es nuestro! ¡Ha caído prisionero, mi
señor!

ANTONIO   ¿Dónde está?

LUCILIO   A salvo, Antonio. Bruto está a salvo.
Y te puedo asegurar que, mientras él viva,
ningún enemigo le pondrá la mano encima.
Los dioses le protegen de ese oprobio.
Cuando ustedes le encuentren, vivo o muerto,
encontrarán al único Bruto, el mismo de siempre.

ANTONIO   Este no es Bruto, amigos; pero, les aseguro,
no es un trofeo menos valioso. Manténgalo a salvo,
y trátenlo con gentileza. A un hombre así lo prefiero
de amigo y no en mi contra. Vayan,
vean si Bruto ha muerto o sigue vivo;
y esperaré sus noticias en la tienda de Octavio.

*Salen.*

## ESCENA V

*Entran* BRUTO, DARDANIO, CLITO,
ESTRATÓN *y* VOLUMNIO.

BRUTO   Acá, mi pobre resto de amigos. Descansen en esta roca.

CLITO   Hemos visto la antorcha de Estalacio, mi señor,
pero él no ha vuelto. O está preso, o le han dado muerte.

BRUTO   Siéntate, Clito: matar es la consigna,
la hazaña que está de moda. Escucha, Clito.

*Susurra.*

CLITO   ¿Yo, mi señor? ¡Por nada en el mundo!

BRUTO   Calla, pues. Ni una palabra.

CLITO                                    Antes me mataría a mí mismo.

BRUTO   ¡Escucha, Dardanio!

*Susurra.*

DARDANIO                        ¿Tendré que ser yo quien lo haga?

CLITO   ¡Dardanio!

DARDANIO   ¡Ay, Clito!

CLITO   ¿Qué horrenda proposición te ha hecho Bruto?

DARDANIO   Me pidió que le matara, Clito. Mírale meditar.

CLITO   Tan lleno de dolor está ese noble vaso
que escurre hasta por los ojos.

BRUTO   Ven acá, buen Volumnio. Escúchame.

VOLUMNIO   ¿Qué dices, señor?

BRUTO                          Te digo, Volumnio
que el fantasma de César apareció ante mí
dos veces en la noche: una en Sardis
y esta última acá, en los campos de Filipo.
Ha llegado mi hora, lo sé.

VOLUMNIO                    No lo creas, mi señor.
BRUTO    Estoy seguro que sí, Volumnio.
  Ya ves el mundo, Volumnio, y lo que ocurre.
  El enemigo nos ha empujado al abismo.

> *Ruido de combate,*
> *poco intenso.*

  Hay más honra en saltar por nuestro pie
  que en recibir el golpe de sus manos.
  Volumnio, fuimos juntos al colegio; tú lo sabes.
  Por ese cariño antiguo, te lo ruego:
  sostén firme mi espada mientras me lanzo sobre ella.
VOLUMNIO    Así no se sirve a un amigo, señor.

> *Sigue el ruido de combate.*

CLITO    ¡Huye, señor, huye! Acá no hay nada que nos detenga.
BRUTO    Adiós a ti, y a ti; y a ti, Volumnio.
  Estratón, has dormido todo este tiempo;
  adiós a ti también. Compatriotas,
  mi corazón se alegra de que en toda mi vida
  ni un solo hombre me fuera desleal.
  Más gloria alcanzaré hoy con mi derrota,
  que Octavio y Antonio con sus infames victorias.
  Me despido de todos juntos, pues la lengua de Bruto
  ha concluido ya la historia de su vida.
  La noche pende sobre mis ojos, mis huesos piden descanso,
  pues mucho se han afanado para llegar a esta hora.

> *Ruido de combate.*
> *Alguien grita «¡A huir, a huir, a huir!».*

CLITO    ¡Escapa, señor, escapa!
BRUTO    ¡Salgan! Yo los seguiré.

*Salen* CLITO,

DARDANIO *y* VOLUMNIO.

Estratón, te suplico que sigas junto a tu señor.

Eres un hombre de respeto, la vida te ha dado honor.

Sostén mi espada, y vuelve tu cara

mientras me lanzo sobre ella. ¿Lo harás, Estratón?

ESTRATÓN   Primero estrecha mi mano. Adiós, mi señor.

BRUTO   Adiós, buen Estratón. César, descansa ahora,

que no quise tu muerte tanto como deseo la mía.

*Se lanza sobre su espada y muere.*
*Ruido de combate. Entran* ANTONIO, OCTAVIO, MESALA,
LUCILIO *y el ejército.*

OCTAVIO   ¿Quién es ese?

MESALA   El sirviente de mi señor. Estratón, ¿dónde está tu amo?

ESTRATÓN   Libre de las cadenas que a ti te amarran, Mesala.

Los vencedores no sacarán de su cuerpo más que fuego,

porque Bruto solo se rindió a sí mismo.

Nadie podrá ungirse con la gloria de su muerte.

LUCILIO   Qué menos esperar de él. Gracias te doy, Bruto,

por probar que Lucilio decía la verdad.

OCTAVIO   Llevaré conmigo a todos lo que sirvieron a Bruto.

Amigo, ¿quieres consagrar tu tiempo a mí?

ESTRATÓN   Si Mesala tiene a bien recomendarme...

OCTAVIO   Hazlo, buen Mesala.

MESALA   ¿Cómo murió mi señor, Estratón?

ESTRATÓN   Corrió contra su espada mientras yo la sostenía.

MESALA   Octavio, puedes llevar contigo

a quien prestó el último servicio a mi señor.

ANTONIO   De todos los nobles romanos, este fue el más noble.

Salvo él, todos los conspiradores

mataron a César por envidia.

Al unirse a la conjura, solo a él guió
un pensamiento honesto y el deseo del bien común.
Tan pura fue su vida, y equilibrados sus rasgos
que la naturaleza podría enfrentar al mundo
y decir con orgullo: «¡Este fue un hombre!».

OCTAVIO  Rindámosle el homenaje y los ritos fúnebres
que esa virtud reclama.
Esta noche sus restos descansarán en mi tienda
con los honores debidos a un gran soldado.
Llamen, pues, la tropa a descanso, y compartamos
las glorias de un feliz día que ha terminado.

*Salen.*

## Nota sobre esta edición

Como en muchas cuestiones vinculadas a la producción shakesperiana, hay dudas acerca de la fecha de composición de *Julio César*. La tragedia se publicó por primera vez en 1623, en el volumen *Mr. William Shakespeare's Comedies, Histories, & Tragedies*, una edición popularmente conocida como First Folio compilada por dos actores de la compañía a la que perteneció el autor. Con todo, se cree que la obra existía en algún formato con anterioridad, puesto que han quedado testimonios de que fue representada en 1599.

Una de las grandes tragedias del Bardo, *Julio César* cruzó las fronteras británicas gracias a muchos pensadores y escritores de la época. Voltaire, que difundió la obra de Shakespeare por toda Europa, solía citar repetidamente *Hamlet*, *Otelo* y *Julio César* en sus escritos. Su influencia ejemplifica también la importancia de las traducciones francesas para los hispanohablantes, pues las versiones españolas fueron llegando poco a poco, muchas veces por vía de las adaptaciones neoclásicas hechas en el país vecino. No fue hasta 1873 cuando se empezaron a publicar en España las traducciones directas del inglés de la mano de literatos como Jaime Clark o Guillermo Macpherson.

La presente edición especial de Penguin Clásicos ofrece una versión de plena actualidad, firmada por la escritora chilena Alejandra Rojas en 1999, que acerca este clásico a nuestro tiempo, mientras que le toma el pulso expertamente al original. Cuenta también con un prólogo de Santiago Posteguillo, profesor de literatura inglesa en la Universidad Jaume I, quien ha consagrado su actividad literaria reciente a la brillante representación de la figura de Julio César.

LOS EDITORES